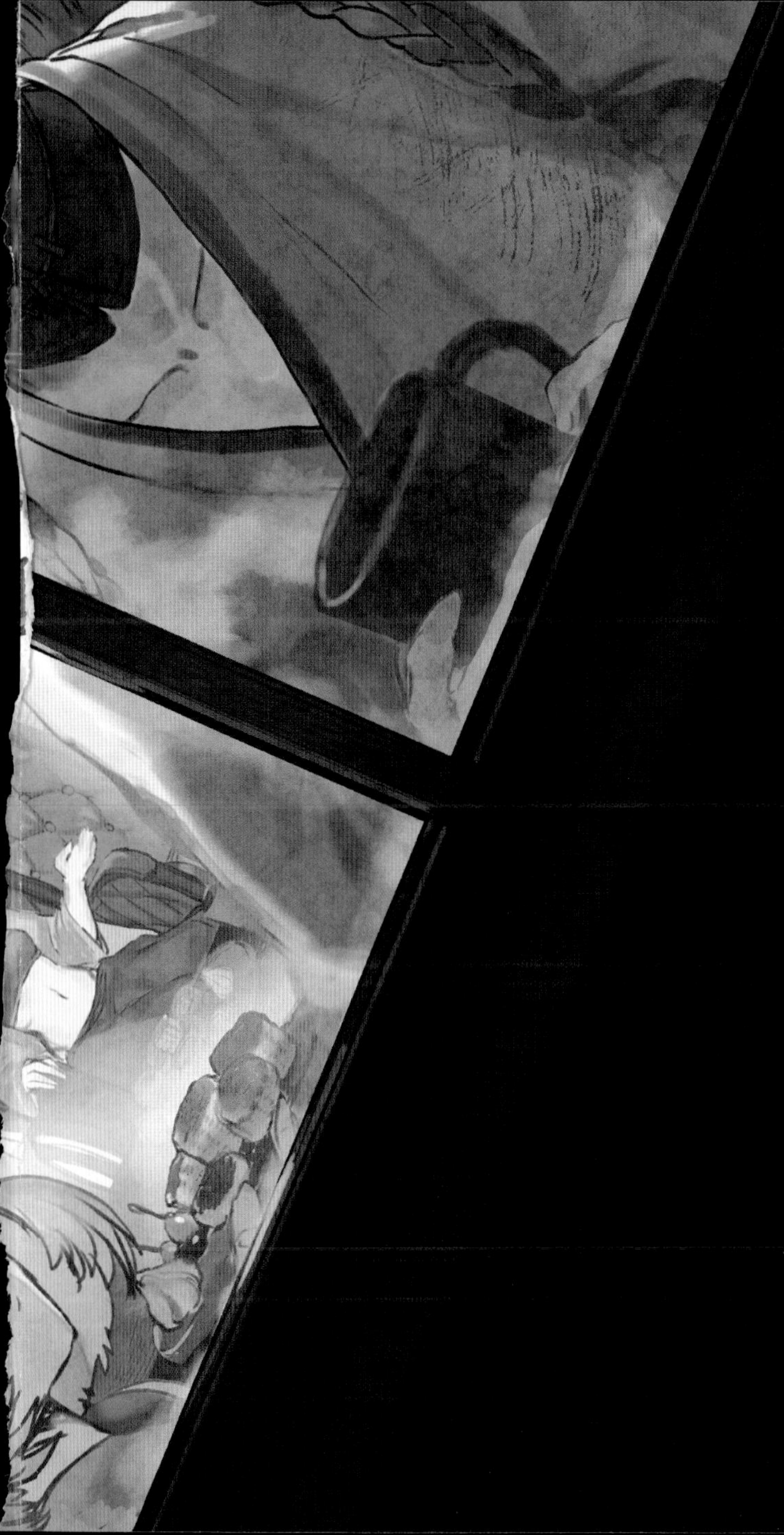

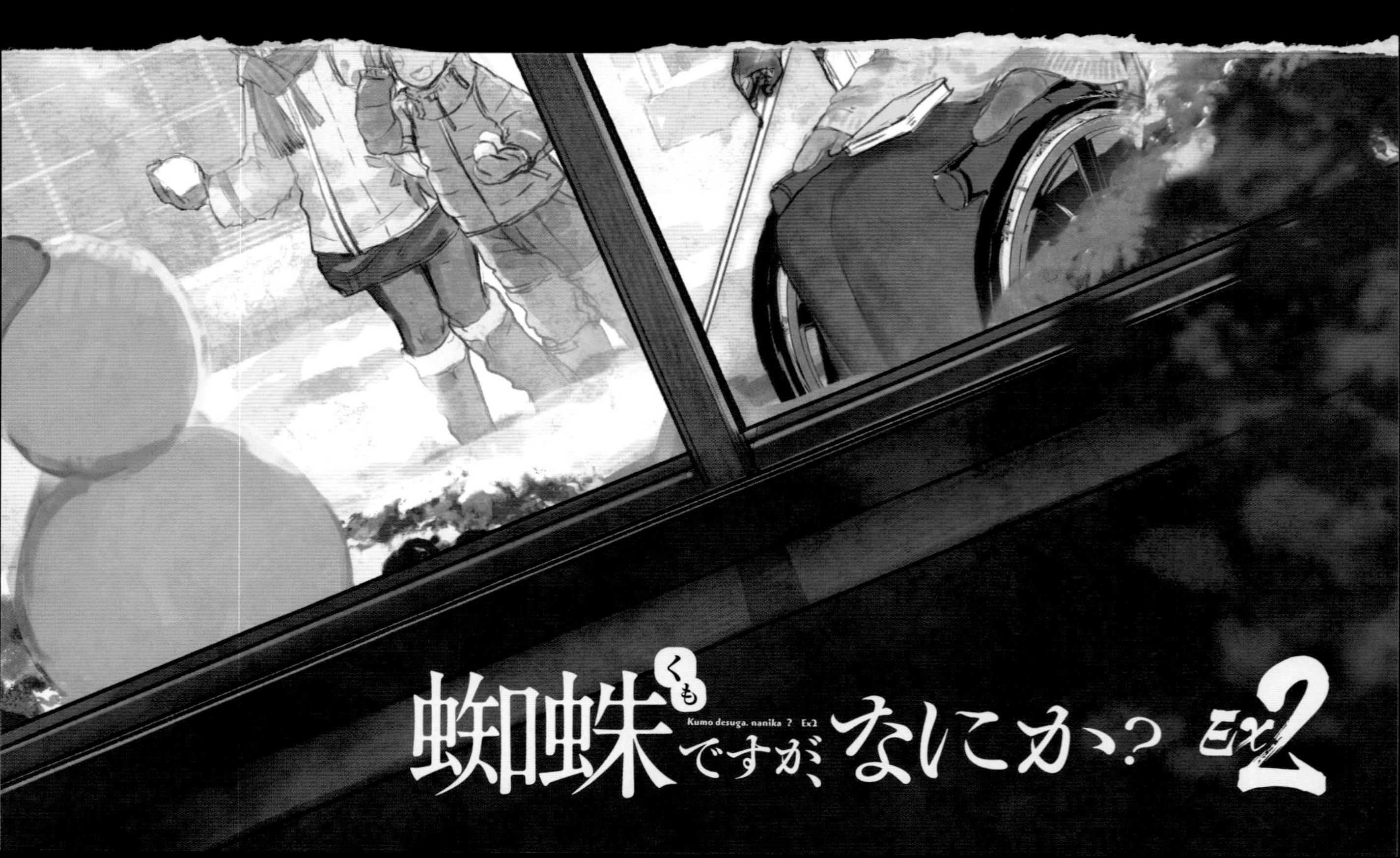
蜘蛛《くも》ですが、なにか？ Ex2
Kumo desuga, nanika ? Ex2

蜘蛛《くも》ですが、なにか？ Ex2

Kumo desuga, nanika? Ex2

著：馬場翁 okina baba
イラスト：輝竜司 tsukasa kiryu

カドカワBOOKS

口絵・本文イラスト
輝竜司

装丁
伸童舎

本文デザイン
杉本臣希

Contents

システム崩壊後の行方

白織

管理者Dの課したワールドクエストをクリアした後、眷属としてDに連行される。神の世界で見習い神としてスパルタ教育を受けている。

アリエル

魂の消耗が激しく、もう長くは生きられないため、救い出した女神サリエル、パペットタラテクト４姉妹と共に田舎で静養していた。

ソフィア

メラゾフィス、吸血鬼化させた眷属たち、ラース、ユーゴーと共に一時魔族領に帰還。魔王城を拠点に、混乱する魔族領の民を救援するバルトの手伝いをする。しばらくして魔族領が落ち着いた後は、メラゾフィス、眷属とともに姿を消す。

ラース

ソフィアたちと共に魔王城へ。重傷を負ったユーゴーの世話をしながら、魔族領の混乱を治めるべくバルトを手伝う。しばらくして魔族領が落ち着いた後は、ユーゴーと共に姿を消す。

ギュリエディストディエス

サリエル、アリエルと共に田舎へ。少しの間彼らと過ごし、その後姿を消す。

書き下ろし小説

アリエルの記憶

Memory of Ariel

アリエル、昔をかく語りき1

「いらっしゃい」

アリエルが訪問者を歓迎する。

「お邪魔します。お加減どうですか?」

「お土産持ってきましたよ。なんと! 私の手作りです!」

ラースがアリエルの体調を心配し、ソフィアが菓子を入れた籠《かご》を掲げる。

「調子は、まあまあかな。けどソフィアちゃんのお土産を食べたら悪くなるかもね」

「ひっどい⁉」

冗談めかしたやり取りにラースは微笑する。

しかし、そのあいさつ程度のやり取りの際にアリエルが「調子がいい」とは言わなかったことを、しっかりと心にとどめておくのを忘れない。

ポティマスとの戦いで代償の大きなスキル、謙譲を使ったアリエル。

もともと自身の死期を悟ったがゆえに魔王となったアリエルが、さらに代償の大きな謙譲を使った。

その意味するところは、もうあまり長くないということだった。

現にアリエルは車椅子に座ったままで、それを眷属《けんぞく》であるパペットタラテクトの一人アエルが押

している状態だ。

他の三人のパペットタラテクトたちもお客であるラースとソフィアの世話をするように給仕に立ちまわっている。

その手際は慣れており、普段からそうした作業をこなしているのがうかがえる。

日常生活において、アリエルはパペットタラテクトたちの介護を受けているようだった。

別れの時が近づいているのを、ラースもソフィアも感じ取っていた。

それでも、アリエルの表情は晴れやかだ。

アリエルはすでにやるべきことを終え、あとは余生を楽しんでいるだけだからだ。

アリエルが住んでいる家の外には一つの墓がある。

そこに眠っているのは、女神サリエルだ。

システムから解放されたサリエルだが、長年の酷使によりやはり長くはなかった。

それでも、システムに魂のすべてを食われて消滅してしまうことは避けられた。

最後はアリエルとギュリエに看取られながら、輪廻《りんね》の輪に戻っていった。

サリエルを救うために奔走していたアリエルにとって、その最期は望みうる中で最良の結果だった。

その目的を達成できたアリエルは、日々を穏やかな気持ちで過ごすことができている。

こうしてたまにラースやソフィアが訪ねてきてくれるし、パペットタラテクトたちがいてくれる。

もういつ死んでも寂しくないし、いい人生だったと断言できるだろう。

アリエルたちはしばらくソフィアの持参したお手製お菓子の感想を言い合いながら他愛ないおしゃべりに興じた。

「外の世界はいろいろ大変そうだねー」

「そりゃそうでしょう。システムがなくなったんだもの。環境が激変してしっちゃかめっちゃかですよ」

ソフィアがそう言いながら肩をすくめる。

システムがなくなったことで、それまで使えていたスキルは使えなくなり、ステータスで強化されていた能力も下がった。

その影響は人間社会だけでなく、魔物たちの生態にも大きな変化を及ぼしていた。

「このまま絶滅する魔物も少なくないでしょうね」

「もともとシステムが生まれたからこの世界に定着したもんだからね。そのシステムがなくなればそうなるのが自然なのかもね」

魔物の多くはスキルによって生態が成り立っている。

そのスキルが失われてしまえば、生きるための最低限の機能さえ失ってしまう種すら存在する。

システムがなくなった今、そうした魔物が生きていくことはできない。

「まあ、しぶとく生き残る種も多いでしょうけど」

「ゴブリンなんかは殺しても死なないだろうしねえ」

ゴブリンという単語に、元ゴブリンであったラースがピクリと反応する。

「ゴブリンもシステム稼働後に発生した魔物の一種だから、システムがなくなった今の時代に生き残るのはなんだかなーと思わなくはないけどねー」

「あれ？　そうなんです？」

アリエルの言葉にラースとソフィアは意表を突《つ》かれたようにキョトンとする。

この世界のゴブリンは転生者たちの故郷である地球の伝承とはかなり異なる。

誇り高く戦うかなりの武闘派の魔物として有名だ。

この世界の魔物は大別すると二種類で、もともとこの世界にいた動植物がシステムに適応して進化したか、システム製作者のDがデザインしてこの世界に解き放った魔物の子孫かのどちらかだ。

Dがデザインして解き放った魔物は地球の伝承に近い姿と生態をしていることが多い。

そのため、この世界のゴブリンは元からこの世界にいた動物が進化した、たまたま姿が似ているだけの地球の伝承とは違う存在なのだろうと二人は考えていた。

「違うんだなー、これが」

アリエルは言いながら、若干苦みの強いソフィアの手作り菓子をほおばる。

「たぶん、この世界のゴブリンも地球の伝承通りの存在になるはずだったんじゃないかなー。ただなんかうちのゴブゴブの影響を受けて初期設定が狂ったんじゃないかって私は思ってる」

「ゴブゴブ……。アリエルさんが育ったっていう孤児院の仲間の一人、でしたっけ？」

「そうそう」

アリエルは言いながら、昔々のことを思い出す。

「そうだなー。私以外にもう知る人がいなくなっちゃうっていうのも寂しいし、ちょっと昔語りでもするかな」

そうして、アリエルは昔のことを語りだした。

孤児院でのささやかな日常1

孤児院のリビング。

多くの孤児を抱える孤児院のリビングは広々としている。

そのリビングの一面はガラス張りの引き戸となっており、直接庭と行き来できるようになっている。

現在その引き戸は閉められているが、ガラス張りであるために外の様子が中からよく見える。

庭では孤児たちが元気よく駆け回っていた。

その輪に交ざらずに、リビングに残った子供が二人。

年のころ六、七歳の少年と少女。

一人は車椅子に腰掛けたままぼんやりと外を眺める少女、アリエル。

もう一人はそのアリエルとテーブルを挟んで反対側のソファに腰掛けたクラ。

クラの手元には手編み用のかぎ針が握られており、毛糸を慣れた手つきで編んでいる。

黙々と編み、時折うまくできているか確認するために全体を撫《な》でまわす。

そうしなければ、彼には確認ができないからだ。

クラの顔にはアイマスクがつけられていた。

クラは生まれつき目が見えない。

クラだけでなく、この孤児院にいる孤児たちはみな大なり小なり何かを抱えている。

それは彼らが、ポティマスという男によって人工的に生み出された、キメラという実験動物であるがため。

ポティマスという男は、死にたくないというただそれだけの願望をかなえるために、不老不死の研究をしていた。

不老不死の生物を生み出すための実験。

その実験で、人間をベースとして、様々な動植物の因子を埋め込まれて生み出されたのが、孤児院にいるキメラたちだった。

しかし、人為的に生み出された彼らは、生まれつき障害のある者も少なくない。

障害はなくとも、埋め込まれた動植物の因子によって、普通の人間ではありえない身体的特徴や、機能を有する者も。

クラもその一人であり、アイマスクを外すことはできない。

クラの目には邪視としか言いようがない不可思議な力があった。

クラの視線上にいる人たちが体調不良を起こしてしまうという、当時の現代科学では解明できない超常の力だった。

それは、埋め込まれた因子の中に龍という、やはり科学では説明のつかない力を振るう超常の存在がいたことが関係している。

そのため、クラは常に目を閉じ、視線を隠すためにアイマスクをつけ続ける必要があった。

そのことを、クラは別段不便に感じてはいなかった。

目が見えないのは生まれつきであり、目が見える生活がどういったものなのか知らない。

目が見えたら便利なのだろうという想像はできるが、目が見えるというのがどういうものなのか、その想像はできない。

目が見えないのが当たり前だった。

アイマスクをつけ続けることも、クラにとっては服を着ているのと同じような感覚だった。

外で遊ぶ他の孤児たちに交じらないのは、目が見えないからではない。

目が見えなくとも走ることも跳ぶこともできる。

ただそうやって外で駆け回るよりも、こうして編み物をしているほうが性に合っているというだけにすぎない。

男が編み物をするなんて女々しいと、孤児院の外であれば言われたかもしれない。

しかし、そのようなことを言う人は孤児院の中にはいなかった。

だからクラは一人黙々と、趣味に没頭している。

それはけっして、一人残されることになるアリエルに配慮してというわけではなかった。

アリエルは車椅子に座っていることからわかるように、体が弱い。

キメラの特徴である動植物の因子、それが悪い方向に作用し、体内で常に毒を生成してしまっている。

その毒がアリエル本人の体を蝕《むしば》んでいるため、立ち上がることすら困難だった。

外を駆け回ることなど、できるはずもない。

孤児たちが外で遊ぶ時間、アリエルにできることは外を眺めていることとくらいだった。

そのことをクラは不憫《ふびん》に思ったりはしない。

クラの目が見えないように、アリエルの体もまた生まれつきのもの。

それについて不憫に思ったり、同情したりするのは違うと、クラは考えていた。

ただ、心配にはなる。

クラから見てアリエルは物静かな少女だった。

年に似合わず達観していると言ってもいい。

「そのうち溶けて消えちまうんじゃねーか？」

とは、孤児院一のやんちゃ坊主の弁。

クラ以外の孤児たちには、アリエルは儚《はかな》げに見えるようだった。

目の見えないクラには、その儚げに見えるという外見はわからない。

しかし、言わんとしていることは理解できる。

ふとした拍子にいなくなってしまうのではないか、アリエルはそんな不安が常に付きまとうような少女だった。

そして、その不安は現実に起こりえることでもあった。

体が弱いアリエルは、いつ死んでもおかしくなかったのだから。

達観しているのもそのせいだろうと思われた。

クラはそんなアリエルのことを心配しつつも、必要以上に気を配りすぎないようにしていた。

他人に気にかけられすぎるというのもまた、アリエルの負担になると思ったからだった。

だから、こうして二人っきりになったからといって、クラが意図的にこの状況を作り出したわけでもないし、ましてやこの後何か特別に配慮をしようというわけでもなかった。

クラも気が向けば外の遊びに交ざることもあるし、いつもアリエルのそばにいるわけではない。

適度な距離感でいることがアリエルにとって一番だと、クラはこの年にして理解していた。

そのおかげか、会話はなくとも二人の間に気まずい空気はない。

そうするのが当たり前という空気が流れていた。

ただそれは、裏を返せばお互いに歩み寄らない、距離を保った関係でもあった。

普段であればそのまま無言の時が過ぎていくのだが、この日は違った。

クラはふと視線を感じて顔を上げた。

目が見えないからか、クラはこういった感覚が鋭い。

その感覚に基づくと、アリエルがクラのほうを見ているようだった。

そして、その視線はクラの手元に注がれているようだ。

「これ？」

「うん」

クラは編みかけの編み物を掲げる。

アリエルが何を言いたいのか、何をしたいのか。

それがなぜ瞬時に理解できたのかは、クラ自身よくわかっていなかった。

言葉数の多い二人ではないうえ、距離感を保ってきたがために、お互いに以心伝心ができるほどの仲ではなかった。

「やってみる？」

「うん」

それでもこの時、クラの口からはするりとそんな言葉が出て、アリエルはそれに即座に頷《うなず》いた。

その時から、クラはアリエルに編み物を教え始めた。

二人がいる時間が、二人でいる時間になった。

ゴブゴブ

緑色の肌に小柄な体躯《たいく》。

それが本名ゴブ、愛称ゴブゴブと呼ばれた青年の見た目。

すでに青年と呼べる年齢に達していながら、ゴブの容姿は子供のようだった。

しかし、その子供のような容姿以上に、まず目につくのは緑色の肌。

肌の色というものは人によって異なれど、緑色の肌をしている人間というものはいない。

その肌の色ゆえに、ゴブは人間社会に溶け込むことを諦《あきら》めた。

同じ孤児院出身の仲間にも、ゴブと同じ理由で諦めた人はいる。

人だ。

少なくともゴブは自身を含め、孤児院の仲間たちのことを人だと思っている。

しかし、世間はそうではない。

一目でわかる異形の彼らを、世間は人として扱ってくれはしなかった。

そのことに対してゴブは仕方がないと、諦めた。

同じ理由で世間から爪はじきにされた孤児院の仲間には憤る者もいたが、ゴブには怒る気力もなかった。

怒るのはとても気力がいる。

そして、勇気がいる。
怒るということはそれに費やす気力を、相手にぶつけるということなのだから。
ゴブには相手に怒りをぶつける勇気がなかった。
生来気弱で引っ込み思案だったゴブには、誰かを怒る勇気がなかった。
それを優しさだと言う人もいたが、ゴブ本人は弱さだと感じていた。
弱さだと自覚しつつも、改善しようとしない。
改善しようとする気概がない。
それこそがゴブの弱さを証明しているのだと、本人はかたくなに信じていた。
ゴブにとって世界は優しくなかった。
その優しくない世界に立ち向かうよりも、諦めてしまうほうが楽だったのだ。
弱くていいのだと、そう自分を納得させて。
努力ではどうにもならないことがある。
ゴブにはその努力ではどうにもならないことが人よりも多かった。
ただそれだけのこと。
キメラとして生まれたこと。
そのキメラの中でもゴブは失敗作だったこと。
失敗作であるがゆえに成人しても子供くらいの見た目の成長不良だったこと。
そして、寿命も短いこと。

キメラたちの体は孤児院を運営しているサリエーラ会の医院にて、精密な検査を受けている。

その結果、判明したのはゴブの寿命の短さだった。

細胞の分裂周期やらなにやら、ゴブには専門的な話はよくわからなかったが、生物としての正常な寿命が普通の人間と比較して短いということだった。

病弱だから何歳までしか生きられないだろう、などという話ではない。

それは生物として定められた寿命であり、いくら健康に気を使ったところで覆すことができるものではなかった。

最長で三十歳前後。

それがゴブに定められた、寿命だった。

それはゴブが生まれた瞬間から定められた運命であって、本人の努力ではどうしようもないこと。

受け入れる以外の選択肢は、なかった。

幸いにしてゴブの半生はそう捨てたものではなかった。

同じ仲間がいる孤児院で、比較的穏やかに暮らすことができたのだから。

個性が強く、騒がしい孤児院の仲間たちに囲まれた半生は、刺激的でありつつも、どこか安心感のある日々だった。

刺激的なのに、安心感がある。

その矛盾した感想をゴブが抱いたのは、それだけ孤児院の仲間たちに気兼ねがなかったからだ。

孤児院の仲間たちは家族だった。

他の仲間たちがどう思っているのかは知らないが、少なくともゴブはそう認識していた。

かけがえのない家族。

だからこそゴブは……。


その日、世界が変わった。

それはゴブの主観的なことではなく、客観的に見て世界は様変わりした。

ゴブの育ての親とも言える、孤児院の運営者であるサリエル。

彼女が崩壊する世界のために自らを生贄《いけにえ》に捧《ささ》げるという決断をし、それを実行に移したその時。

世界はその有様を変えた。

『聞こえるか？　人間たちよ』

『私の名はギュリエディストディエス。気づいた者もいるかもしれないが、今この瞬間、世界は変化した』

『これより、この星はシステムの管理下に置かれる。私はその管理者となったことを告げる』

『知っての通り、人間たちの愚かな振る舞いにより、この星の命は尽きようとしている』

『その対策として、サリエルを犠牲にして星の命を回復させようとしている。己らが招いた危難を、他人の命を使って解決しようというわけだ』

『人間が犯した罪は、人間が贖《あがな》うのが道理だと思わないか？』

『だから、我らは貴様ら人間にチャンスを与えることにした。この星を覆ったシステムはそのための術だ』

『貴様ら人間には戦ってもらう。そうすることで、魂のエネルギーを増やすことができるようになっている。貴様らには戦い、勝利し、エネルギーを増やす装置となってもらう。そして、死んだその時、蓄えられたエネルギーを回収し、それを星の再生に充てる』

『だが、それでは死んだらそれまで。だから、このシステム内にいる限り、同じこの星に輪廻《りんね》転生できるようにしてやった。死ねばまたいつかこの星で生を受け、そしてまた戦ってエネルギーを稼いでもらう』

『今、この星はサリエルの力によって崩壊を免れている。貴様らの手で、生贄にしようとしたサリエルを救い出せ。サリエルにしようとしていたことを貴様らがするだけのことだ。簡単だろう？』

『貴様ら人間の罪だ。贖え。贖え。贖え。贖え。贖え。贖え。贖え。贖え。贖え。贖え』

『戦え。戦え。戦え。戦え。戦え。戦え。戦え。戦え。戦え。戦え。そして、死ね』

頭の中に直接語り掛けてくるようなその声によって、ゴブは状況を理解した。

ただし、説明されたシステムの内容を理解したというわけではなく、この声の主が何かをしてサリエルを死なせないようにした、ということを理解した。

それはこの声の主のギュリエディストディエス、ギュリエのことを少なからず知っていたからだ。

孤児院の仲間たちから陰でヘタレ呼ばわりされている知人。

ゴブにとって友人と呼ぶほど近しくはないが、さりとて他人というほど離れているわけでもない人物。

彼ならば、サリエルを救うために奔走してもおかしくないと、そのように理解した。

しかし、理解したのはそこまで。

世界がどのように変わったのか、それを理解できてはいなかった。

それは何もゴブだけではない。

ほとんどの人間は理解できていなかった。

ＭＡエネルギーの問題に端を発する一連の騒動は、常人の理解の範疇《はんちゅう》を超えて、世界を急速に変化させていた。

その変化についていける人間は少なく、ゴブもまた激動の時代に流されていくだけの一人だったということ。

そもそもゴブは孤児院という閉鎖されたコミュニティの中で暮らしていたため、ただでさえ世情の変化に鈍い。

些細《ささい》な変化であれば、自分には関係のないことだからと、受け流してしまう癖がある。

今回の変化はその受け流せる許容量を超えた大きなものであり、かつ、サリエルというゴブにとって身近すぎる存在が騒動の中心になっていたがために、関わらざるをえなかった。

もっとも、今回の件はゴブだけにとどまらず、この世界に生きる全《すべ》ての人たちが強制的に関わらざるをえない類の変化だったが。

よって、この時点で理解できていようがいまいが、些細な差でしかない。

なぜならば、どのみち嫌でも理解することになるのだから。

世界は変わってしまったのだと。

それを実感するのに時間はかからなかった。

MAエネルギーによって世界は急速に変化していったが、システムによる変化はそれ以上の急激さだった。

まず人々が気づいたのは、電化製品が使用できなくなったことだった。

電源が入らない。

この時、世界中の発電施設で、発電ができないという異常事態が起きていた。

MAエネルギー発生装置もその例外ではない。

発電ができなければ送電もできない。

電気の供給がなくなったことによって、電化製品の使用ができなくなった。

しかも、使用できなくなったのはそれだけではない。

バッテリーなどで動いていた小型の電化製品までもが、電源が入らなくなっていた。

一つ二つであれば故障しただけと思われたかもしれないが、それが全世界で一斉に使用不能とあれば誰《だれ》であろうとも異常事態だと察することができる。

修理屋が製品をばらして検査してみても、原因は特定できなかった。

一日でわかる不具合はどこにもなく、電源が入らないほうがおかしい新品同然の製品ですら、うんともすんとも言わなかった。

こうなれば超常の力が働いているとしか思えず、この事態が起きるのとほぼ同時に発せられたギユリエディストディエスを名乗る存在による宣言にも信憑性《しんぴょうせい》が増した。

世界が変化したのだと実感するのには十分だった。

いかんせん人間は電化製品に頼った生活を送っていた。

それが使えなくなれば、生活がたちゆかなくなるのは自明の理。

蛇口をひねれば水が出て、スイッチ一つでコンロから火が出て、遠く離れていても気軽に電話で会話ができる。

そんな生活は失われた。

水は自らの手で確保せねばならず、火も容易には起こせず、会話は対面でしかできなくなった。

物流にも重大な影響が出る。

自動車はもちろん、飛行機や船も動かせない。

人力か動物に頼るしかなくなったが、科学技術を前提として物流が行われていたため、必要なものが届かない。

喫緊《きっきん》の問題は食料だった。

世界中から数日とかからず物が届けられる物流網が完成していたため、食料品を生産しない大都市も多かった。

地産地消している土地はいいが、そういった食料品が手元にない地域では、少ない食料の奪い合いも発生した。

事ここに至ると貨幣はその価値を失った。

経済活動が完全に麻痺《まひ》してしまったため、紙幣はただの紙切れとなり、硬貨は金属の塊となり、電子マネーは大本となる電子の海とともにいずこかへと消え去った。

富める者も貧しき者も等しくこの新世界に放り出された。

文明の利器を何一つ利用できない、この新世界に。


ゴブたち孤児院の面々は、数日間はそんな新世界の洗礼を受けることなく、ある程度不自由しない生活を送ることができた。

というのも、彼らがその時にいたのはダズトルディア国の大統領府だったからだ。

自らを生贄に捧げようとするサリエルに面会するために、彼らは大統領府を訪れていた。

そして、世界が変わったのはまさに面会が終わった直後のことだった。

孤児院の面々は大統領府から出ておらず、そのままなし崩しに滞在することを許された。

孤児院から大統領府まで乗ってきた大型車は動かない。

大統領府から孤児院までは、到底徒歩で帰れる距離でもない。

そういった理由もあったが、それ以前に大統領府の責任者であるダスティン大統領の厚意、あるいは罪悪感があったからこそだった。

ダスティン大統領は世界のためにサリエルを生贄に捧げることを良しとした人物だ。

サリエルを慕う孤児院の面々に対し後ろめたい気持ちがあったのは否めない。

ダスティン大統領はそんな彼らを大統領府から追い出すことはできなかった。

大統領府は大陸一つが一つの国家としてまとまっているダズトルディア国という国の中枢だ。それ故にどこよりも安全だと言えた。

敵国からの攻撃に備え、頑強なつくりをしており、万が一の際には籠城《ろうじょう》できるように地下シェルターがあり、備蓄も十分あった。

さらに備蓄は電気が使えなくなっても大丈夫なようなものが多くそろえられており、当分の間大統領府に勤める人間は生きていける。

そこに孤児院の面々が加わったとしても、何の問題もない程度には備蓄に余裕があった。

そうした余裕があったからこそ、孤児院の面々は受け入れられた。

この時はまだ、世界の変化を深刻に受け止められている人間が少なかったのもある。

電気が使えなくなったことは多くの人間が知るところだったが、それが今後自分たちの生活にどのような影響をもたらすのか、それを正確に把握できている人間は少なかった。

不安に思うことはあれど、だからといってすぐさま行動に移した人は少なかった。

すぐさま動かなければどうにもならないという焦燥感がなかった。

心のどこかではいつか、ともすればすぐにでもいつもの生活に戻れるとの楽観、あるいは希望があったのだ。

MAエネルギーによる問題、そこから目を逸《そ》らし続けた人々は、今度もまた現実から目を逸らしていた。

幸か不幸か、その性質のおかげで世界が変わったその日から数日間は比較的穏やかに過ぎ去っていった。

あくまでその後に比べればという話であり、世界中が大混乱に包まれていたのは確かだが。

まだこの時は電化製品が使えなくなった混乱だけで、暴動などは起きていなかった。

そのためダスティン大統領も、その対処に忙殺されていたが、まだ理性的、平和的に事態の解決を図ることができた。

忙殺されつつも、それでも、孤児院の面々が大統領府で過ごせるくらいには余裕があったのだ。

余裕がなければ、ダスティン大統領がいくら孤児院の面々に後ろめたさを感じていたとしても、かくまうことはできなかっただろう。

事実として、その数日後、孤児院の面々の姿は大統領府になかった。

ダスティン大統領が追い出したわけではなかった。

孤児院の面々による話し合いが行われた末に、自らの意思で出て行ったのだ。

数日経《た》っても改善されない状況に、人々が不満と不安を抱き、大統領府に押し寄せていた。

この状況でキメラである自分たちをかくまっていることが露見すれば、大統領にも自分たちにもいいことはない。

そう判断してのことだった。

孤児院の面々はキメラというだけで差別を受け続けていた。

差別の理由は、キメラだから。

それ以外の理由はない。

人々はキメラというだけで、孤児院の面々を差別し、見下してもいい存在とみなしていた。

そんな自分たちがもし大統領府という世界で最も安全な場所にかくまわれていると知られればどうなるか。

批判の矛先は孤児院の面々のみならず、大統領や大統領府に勤める者たちにも及ぶだろう。

ただでさえ世界中が大混乱している時期だったのだ。

ちょっとしたことで大騒動に発展しかねない。

余計な火種は消しておくに越したことはなかった。

そうして孤児院の面々はひっそりと大統領府を後にした。

ダスティン大統領は彼らを引き留めなかった。

心情的には孤児院の面々にもっと便宜を図りたかったのだが、状況がそれを許さなかった。

一国の頂点に立つ人間として、誰かに過度に肩入れするわけにはいかなかったのだ。

そして孤児院の面々が危惧《きぐ》したとおり、この時彼らに肩入れしてしまえば、その後よくないことが起こることがダスティン大統領にも予測できていた。

キメラを保護していることが知られれば、大統領府は襲撃される。

すでに破裂寸前の風船のように不満と緊張感が高まった状態だったのだ。

きっかけは何でもよかった。

誰かを、何かを攻撃できる材料があれば、何でも。

攻撃する正当性さえあれば、人々は簡単に暴力に走ってしまう。

たとえそれが正当だと思い込んでいるだけの理由だったとしても。

そんな状況だった。

孤児院の面々やダスティン大統領の懸念は当たった。

孤児院の面々が出立してからたったの二日後、大規模なデモ隊が暴徒化し、大統領府は襲撃された。

表向きの理由は状況を改善できない無能な政府を批判するため。

実態はただの憂さ晴らしだった。

鬱憤《うっぷん》をぶつけられればその矛先はどこでもよかった。

限界だったのだ。

そしてこの日を境にして、ダズトルディア国は全体的に無法地帯と化していくことになる。

ダズトルディア国だけではない。

世界中で同じことが起きていた。

むしろダズトルディア国はマシなほうだった。

ダズトルディア国よりも先に限界を迎えた国のほうが多かった。

世界中のいたるところで略奪が発生していた。

少ない食料を奪い合い、それによって多くの血が流れた。

事ここに至れば法も国家の枠組みも何の意味もなさない。

そして無法地帯と化した世界において最も重要なものはただ一つ。

純粋な力だった。


大統領府を後にして数日。

孤児院の面々は数日たっても大統領府からさほど離れていない場所までしか進めていなかった。

人目を避けながら進んでいたせいだ。

ゴブを始めとして、孤児院の面々は特異な外見をしているメンバーがいる。

フード付きの服などを着て、なるべく外見がわからないようにしているが、それもパッと見では
わからない程度の対策でしかない。

よく見ればゴブたちの外見はわかってしまうし、よく見なくともそのように容姿を隠している様
は怪しい。

そのような怪しげな人間の集団がいれば、どうしたって人目を引く。

ましてやこの時の治安は最低で、怪しげな集団に対する人々の目は平時よりも一層厳しくなって
いた。

それこそ少しでも怪しければ私刑という名の暴行を加えられるほどに。

やられる前にやらねばならない。

そんな状況だったのだから、自衛のためにも怪しい人物がいたら真っ先に排除せねばならなかっ
たのだ。

孤児院の面々はそういった意味では怪しさが際立っており、人に見つかればいらぬトラブルに巻

き込まれるのは目に見えていた。

そのため、極力人目を避けて行動していたのだが、大統領府があった付近は都市部だ。

その分人も多く、人目を避けるのが難しかった。

進んでは隠れ、進んでは隠れを繰り返していたため、遅々として先に進めていなかった。

それに加えて、メンバーの体力的な問題もあった。

キメラは総じて普通の人間よりも身体能力が優れている者が多いが、例外もいる。

ゴブなどはむしろ常人よりも体力がなかった。

小柄な体形なうえ、孤児院に半ば引きこもるようにして生きてきたため、見た目相応の子供並の体力しかなかった。

ゴブの他にも、老齢でふくよかな体形の院長や、車椅子生活を余儀なくされているアリエルなど、体力に難があるメンバーがいた。

特にアリエルは深刻だった。

彼女は日常生活さえ難儀するような重病人だ。

キメラとしての力が悪いほうに作用し、常に体を毒に蝕《むしば》まれている。

サリエルと会うために無理をしてここまで来たが、本来ならば遠出の外出などもってのほかで、孤児院で安静にしていなければならない。

当然、徒歩での移動などアリエルの体には大きすぎる負担だった。

アリエル本人は車椅子に座ったままだが、虚弱な彼女は外気に長時間触れているだけで体力を消耗していく。

自然とアリエルの体調を見ての移動となり、それが遅々として前に進めない理由の一端にもなっていた。

大統領府を出た時はまさかここまで進めないとは想定していなかった。

計画の修正が必要だった。

「つってもどうすんだよ？」

「どうもこうもないね。ちょっとずつでも進んで行くしかないいんじゃないかい？」

「ここから孤児院までどんだけ距離があると思ってんだ？　このペースだと年単位で時間がかかるぞ？」

ダズトルディア国は大陸一つがそのまま一つの国家となっている。

そのため広大で、彼らが目指している孤児院がある場所と大統領府がある場所では、相当な距離があった。

自動車でも日帰りできる距離ではなく、数日を要する旅程だった。

徒歩での移動となればそれだけで過酷な旅となる。

孤児院の面々の中でも体力自慢のメンバーはそれでもいけると判断していたが、それは自分たちの基準で物事を考えていたからだった。

アリエルなどの体力のないメンバーのことを計算に入れれば、どれだけ無謀な旅をしようとしているのかわかったかもしれない。

あるいは、メンバーの中にはそれを承知したうえで大統領府を出た者たちもいた。

あのまま大統領府に残るよりはまだましだと判断して。

一部のメンバーは大統領府にいる間に集めた情報から、今後の世界の混乱を予想していた。

しかし、その混乱によって自分たちがどのように立ち回ればいいのか。

はっきり言えばその答えは出なかった。

なんせ大国の大統領であるダスティンでさえ全く見通しは立てられていなかったのだ。

世界中の誰《だれ》にもわかるはずがなかった。

しかし、わからないなりにいくつか予想できることはある。

その予想の一つに彼らにとって看過できないものがあった。

それこそがアリエルの処遇だった。

今後世界は混乱していく。

その中でアリエルなどの弱者を保護していく社会機構は破棄されていくだろうことが予想された。

傷病者などを手厚く看護できる体制は、それができる余裕があって初めて成り立つ。

電気が使えなくなったことで、医療体制は崩壊していた。

そうなれば、傷病者は弱者として切り捨てられる未来しか見えなかった。

アリエルもその一人だ。

どこかの医療機関に預けたとしても、切り捨てられる未来しか見えない。

アリエルを守るためには、孤児院の面々で囲うしかなかった。

他の誰の手でもない、自分たちの手で守るしかなかった。

アリエルだけではない。

こうなれば心から信頼できるのは同じ孤児院の仲間たちだけ。

国も信頼することはできない。

なにせ、その国という枠組みがなくなるのではないかと思われるのだ。

もともとキメラである自分たちははぐれ者ではあったが、サリエーラ会を通じて一応人間としての権利と尊厳は守られていた。

それも今後はなくなるかもしれない。

というかなくなるだろう。

そうなれば自分たちの身は自分たちの手で守らねばならない。

だからこそ、未《いま》だ色濃く国という枠組みが残る大統領府を後にした。

国という枠組みがいつか消え去るものならば、ダズトルディア国の残骸《ざんがい》となるであろう大統領府にいるわけにはいかなかった。

国という枠組みがなくなろうとも、ダスティン大統領を中心とした一つの勢力がまとまるだろうことは孤児院の面々から見ても明らかだった。

下手《へた》にその勢力に組み込まれてしまうのは避けたかったのだ。

キメラという特異な存在である自分たちはそういった枠組みにとらわれるべきではない。

孤児院の仲間たちとともに身軽でいたほうが何かと都合がよかった。

しかしいざ大統領府を出てみると、想定以上に困難な道のりが待っていたのは確かだった。

喫緊の問題は、食料だった。

「食いもんがもうねえぞ」

「参ったね……」

大所帯に加えて要介護者が何人かいる集団。

持ち運べる食料の量はたかが知れており、ダスティン大統領の厚意で持たせてもらった食料はすでに尽きようとしていた。

「……買い出し班を作ろう」

アリエルなどの体力のない面々や、ゴブなどの外見の特徴が大きい面々は残り、体力にも外見にも問題のない数人で買い出しに出かける。

これがその時にとれた最も現実的な解決方法だった。

結論から言えば、買い出しではなく盗難になった。

この状況で開いている店など無く、買い出し班は仕方なく店に残っていた食料を奪っていくことにした。

良心が咎《とが》めたが、背に腹は代えられない。

幸いにして大統領府の近くであるそのエリアは、関係各省庁が立ち並ぶ、いわば政治の中枢だった。

それゆえか他の地域と違って大規模な略奪は発生しておらず、まだ店には商品が残されていた。

大統領府と同じく、各省庁の建物にも万が一の際の備蓄があったのも起因している。

逆に言えば、大統領府周辺から出ればその限りではないということだった。

「継続的な食料の入手方法がいるな」

「孤児院に向けて移動しながら、か？　……難しいぞ、それは」

食料というのは降ってわいてくるわけではない。

農耕、牧畜、狩猟、漁業。

主な食料の生産方法はそんなところだが、それらはたいがい一所に拠点があって初めて成り立つ。

旅をしながら食料を入手するには、そういった現地の生産者から買うなどしなければならない。

しかし、金による売買が成立するかどうか。

金銭でのやり取りというのは、その金銭の価値が国によって保証されているからこそ成り立つ。

国という枠組みがなくなるかもしれないという最中、売買が成立するとは思えなかった。

物々交換をするにしても、差し出せるものがない。

「……とにかく、ここにいても仕方がない。先に進もう」

先の見えない状況。

それでも、先に進むしかない。

その先にさらなる地獄が待っていたとしても……。


第一の受難はすぐにやってきた。

大統領府の近場はまだ治安が保たれていたが、そこを過ぎれば荒れ始める。

大統領府を中心としたエリアは、外側に行くにつれてオフィス街となっていく。

政治の中枢に近い場所なだけあり、お行儀のいい企業が軒を連ねている。

ここでも治安はまだましだった。

しかし、その先は違う。

オフィス街を越えた先には世界有数の大都市が広がっていた。

そこにあるのは大統領府の周囲に軒を連ねていたようなお行儀のいい企業ばかりではない。

むしろ、大都市だからこそはびこる裏社会もまた存在していた。

そして、治安が悪化すればそうした平時は影となっている部分が表に出てくる。

「お前ら、持ってるもん身ぐるみ含めて全部置いて行け」

だからだろう。

そんな物語の中で山賊に言われそうなセリフを実際に聞く羽目になったのは。

孤児院の面々は数人の男たちに脅されていた。

治安が悪化したことで、こういった略奪に走る人間は多くいた。

そんな人間も出るだろうと予想していたため、実際に遭遇しても孤児院の面々に動揺は少なかった。

いざとなればキメラである彼らは自前の身体能力の高さを生かして、暴漢を撃退することができる、という安心感もあったのかもしれない。

しかも、からんできたその暴漢たちはたった数人。

孤児院の面々の人数よりもかなり少なかった。

いくら喧嘩《けんか》慣れした相手だろうと、数で勝るこちらのほうが有利。

それは、あるいは油断だったのかもしれない。

こちらのやる気を感じ取ったのか、暴漢のリーダーと思われる人物がにやりと笑った。

「お？　やろうってのか？　俺はレベル９だぜ⁉」

「……何言ってんだこいつ？」

自慢げにレベルがどうのと言い始める暴漢のリーダー。

それに怪訝《けげん》な顔をしつつ、孤児院の面々の中で最も喧嘩慣れしていた、後に獣王と呼ばれる青年が前に進み出た。

獣の因子が色濃い後の獣王は、腕っぷしで言えば孤児院の誰《だれ》よりも強かった。

「ぐあっ⁉」

その彼が、そこらのチンピラにしか見えない暴漢のリーダーに叩《たた》きのめされていた。

それは信じられない光景だった。

キメラである孤児院の面々は身体能力に優れる者が多い。

中でも後の獣王はそれが顕著で、本気を出せば素手で人間を簡単に撲殺できてしまう力の持ち主だった。

そこらのチンピラ程度にやられるはずがなかった。

そのありえないはずのことが現実で起きていたのだ。

後の獣王が圧勝すると楽観していた孤児院の面々は、そこで暴漢たちがなぜ人数に勝る自分たちを自信満々で襲撃してきたのか理解した。

実際に人数差を覆せるという自信があったからだった。

「はっはっは！　なんだてめえ！　人間じゃねえじゃねえか！　だが、レベル9の俺の敵じゃゃなかったなあ！」

「レベルレベルって。ゲームのやりすぎなんじゃねえか？」

フードがまくれ、その獣に近い素顔をさらした後の獣王に、暴漢のリーダーは驚きはしたもののニタニタとした笑みを崩しはしなかった。

それが不気味だった。

後の獣王は一瞬気おされてしまう。

しかし、次の瞬間には猛烈な怒りが込み上げてきた。

それは相手に対する怒りではなく、自分自身に対する怒り。

こんなところで自分が倒れてしまえば、残りの孤児院の面々はどうなるか？

こんな相手に気おされている場合ではない。

だというのに情けない！

「ぐおおお！」

後の獣王は吠《ほ》え、果敢に暴漢のリーダーに向かっていった。

同時に、残った孤児院の面々と、他の暴漢とが衝突した。

ゴブはその様子をただ震えて見ていることしかできなかった。

やがて、勝敗は決した。

後の獣王が暴漢のリーダーに馬乗りになり、その顔面を滅多打ちにし、他の暴漢も数で勝る孤児院側が徐々に優勢となり、追い詰めていった。

そして、暴漢たちは残らず息絶えた。

暴漢たちは強かった。

だから手加減することなどできず、キメラの力で全力で戦わざるをえなかった。

もともと荒事とは無縁だった孤児院のメンバーも多い。

どこまでがやりすぎになってしまうのかわからなかったのだ。

本気で殺そうとしてくる相手にそのような気遣いをしている余裕がなかったというのもある。

孤児院の面々は差別や誹謗《ひぼう》中傷の的になることは多かったが、殺意を向けられるほどのことはなかった。

なんだかんだ、孤児院に保護されてからは平和に過ごしていたのだ。

そんな彼らに、喧嘩とは異なる、本気で殺しにかかってくる相手に冷静に対処できるはずもなかった。

そして、暴漢たちが全員死んだその時、争いに参加していたメンバーが一斉に虚を突《つ》かれたように動きを止め、次いできょろきょろと周囲を見回し始めた。

争いに参加しなかったメンバーは、彼らのその様子にまだ何かあるのかと戦々恐々とした。

しかし、その後は特に何事もなく、時間だけが過ぎていく。

「……どうした？」

争いに参加しなかったメンバーの代表として、クラが声をかけた。

「……レベルが上がったってよ」

「は？」

それは襲い掛かってきた暴漢のリーダーが言っていたようなことだった。

「サリエル様の声が聞こえた。その声で、レベルが上がったって言われたんだ」

「……意味が分からない」

「俺だってわかんねーよ」

声を聞いたメンバーも戸惑っているようだった。

「……とりあえず疲れた。どっかで休もうぜ」

「そうだな。怪我《けが》の治療もしなきゃな」

暴漢たちとの争いでこちらも大なり小なり怪我を負っている。

ここでぼうっとしていて、同じような暴漢に襲われたらたまらない。

どこかに身を隠し、休まねばならなかった。


これが孤児院の面々が初めてこなした戦闘らしい戦闘だった。

後の伝説的な戦いの数々に比べ、相手を殺したという一点を除けば泥臭い喧嘩の延長のようなものだった。

意外かもしれないが後の初代勇者であるクラや初代聖女はこの戦闘に参加していない。

彼らは非戦闘員だった。

そのためこの時点ではレベルも上がっていない。

生物を殺せば経験値を獲得でき、レベルが上がる。

そんなゲームのような法則がシステムによって世界に追加されているということを、この時はまだ彼らは理解していなかった。

殺意を持った相手に襲われて、それを返り討ちにしたら、レベルが上がったと恩師であるサリエルの声で言われた。

衝撃に次ぐ衝撃の展開に彼らも思考の処理が追い付いていなかったのだ。

もっとも、仮に冷静な思考ができていたとしても、経験値やレベルなどという非現実的なものが現実に反映されるなど、すぐには飲み込めなかっただろう。

ただ、幸か不幸か、その混乱が初めての殺人に対する罪悪感や恐怖感を軽減してくれていた。

負の心理的負担が軽減されたことで、その後の連戦にも躊躇《ちゅうちょ》することなく立ち向かえたのだ。

連戦という言葉が示す通り、孤児院の面々はこの後何度となく戦うこととなった。

ある時は最初と同じような略奪目的の暴漢と。

またある時はキメラの外見に恐れをなした人々と。

自衛のために武器を取った人々とすれ違いにより殺し合う羽目になったこともあった。

その都度心身ともに傷つきながらも、彼らは勝利し、生き延び続けた。

変わってしまった世界において、真っ先に殺人に走るような暴漢たちのほうがレベルが高く、それを返り討ちにし続けた孤児院の戦えるメンバーはその分多くの経験値を取得し、レベルを上げていったからだ。

しかし、いくら腕っぷしが強くなろうとも、旅路が楽になったわけではない。

暴漢を退ける力を手に入れても、食料を手に入れる手段には直結しなかったからだ。

この頃《ころ》になると店舗に置かれていた食料は軒並み奪い去られており、その食料すら奪い合う状況になっていた。

電化製品が使えなくなったことで冷蔵庫も当然のように使用できず、足の速い生鮮食品は傷みだしていた。

そして、物流が途絶えたことで都市部に入ってくる食料はなく、人口に比して圧倒的に食料が足りていなかった。

ダズトルディア国は豊かな国であり、人々は一日三食満足するまで食べるのが当たり前だった。

それがいきなり食べるのもままならない状況に陥れば、焦りが生じるのは仕方がない。

その焦りが過度な食料の確保につながり、人々は我先にと食料をため込み始めていた。

ただでさえ少ない食料を誰かがため込めば、他の誰かの分が足りなくなる。

そして、足りない人々が食料をえるためには、ため込んでいる人間から奪うしかなかった。

奪わなければ生きていけない。

法治国家に暮らす善良だった人間でさえも、生きるためという免罪符を掲げ、略奪に走っていた。

孤児院の面々は奪う側に回ることはなかった。

そのため、手に入る食料は少なかった。

返り討ちにした人間からわずかな食料を頂戴《ちょうだい》することはあれど、それで大所帯のメンバー全員の腹を満たせるはずもない。

空腹によってメンバーは日に日に弱っていった。

そして、衰弱していけばおのずと進める距離も短くなっていくという悪循環。

食料をえるためには都市部を抜けなければならない。

人口の少ない田舎《いなか》であれば、まだ食料が余っているかもしれない、という希望的観測に縋《すが》りつくしかなかった。

最悪、野生動物を捕まえて絞めるしかない。

しかし、都市部ではそんな野生動物の姿もない。

どちらにしても都市部にいては先がなかった。

そして、その先がない未来が刻一刻と近づいてきていた。

このままでは、遠からず破綻《はたん》する。

アリエルを筆頭とした体の弱いメンバーは、この時すでに限界間近にきていた。

なけなしの食料を彼女らに優先的に回しているが、それでも徐々に衰弱していっている。

全員で生きて孤児院に帰る。

大統領府から出発する前は意識することすらなかった目標だった。

当たり前のように達成されるものだと思っていた。

誰かが欠けることなど、考えてもいなかった。

しかし、そのまったく予想していなかった事態が、現実味を帯びてきていた。

メンバーたちの間に募る焦燥。

「こうなったら俺たちもどっかから奪ってくるしかない！」

「駄目だ！　サリエル様の顔に泥を塗るつもりか⁉」

「だったらどうするってんだよ⁉」

「もういいよ！　私のこと見捨てて！」

「うるせえ！　二度とそんなこと言うんじゃねえ！　俺は誰一人見捨てねえぞ！」

そうして増えていく口論。

言い争ったところで事態が好転するはずもなく、それどころか時間が経過するごとにますます悪化していった。

食料不足で苦しんでいるのは、他の人間たちも同様だったからだ。

いよいよ追い詰められた人々は、善良な人間でも最後の一線を越えようとしていた。

それまでの悪漢とは違い、罪悪感を胸に抱きながらも、生きるために襲い掛かってくる人々。

それらを相手にすれば、心が荒《すさ》むのも仕方がなかった。

心身ともに追い詰められ、限界はすぐそこまで迫っていた。

そこに追い打ちをかけるように、システムの大型アップデートが導入された。

システムの開発者であるDは、初期のこの頃、この世界の動向を細かくチェックし、梃入《てこい》れとしてシステムのアップデートをかなりの頻度で行っていた。

まだこの時はシステムも発展途上であり、経過観察が必要だったこともある。

システムが正常に、Dの望むままに稼働しているかどうか、不都合が起きていないかどうかを、逐一チェックしていた。

そして、必要があればシステムを修正し、アップデートを重ねることで追加要素を盛り込んでいった。

そして、この時の大型アップデートはDの秘策だった。

それは、魔物の投入。

人間同士のいさかいではレベルアップには限界がある。

殺人以外でも経験値を稼げる手段を与えなければ、人間の平均レベルはどこかで頭打ちになる。

だから新たな経験値の獲得手段として、魔物を投入するのだ。

加えて、この魔物の投入はもう一つ、食料難の救済という意味合いもある。

食肉になるような魔物を投入することで、魔物を倒した後の褒賞とする。

経験値と食肉、その両方を与える一石二鳥の策。

これで食料難はある程度解消されるはずだった。

ただでさえ人間同士の殺し合いで減っている人口が、これ以上同士討ちで減ってしまうのは看過できなかった。

人口の減少はすなわち回収されるエネルギーの減少にもつながり、システムの理念とは反してしまう。

なによりも、Dの個人的な実験の対象が減る。

実験というのは対象が多いほうが優位な結果を残すものだ。

このままの勢いで人間が全滅するようなことになれば、せっかくシステムという大掛かりな魔術を作り出した意味がない。

星一つを好き勝手にできる権利を得たのだから、最大限有効活用しなければもったいない。

それがDの考えだった。

そこに優しさなどみじんも存在しない。

食料難の解決のために魔物を投入したとしても、Dはその魔物によって殺されてしまう人々のことなど斟酌《しんしゃく》しない。

Dにとって人間という種が絶滅するのは避けたいというだけで、魔物に殺されてしまう人間一人一人のことなどどうでもよかったのだから。

その程度のことで淘汰《とうた》されてしまう人間に、Dは価値を見出《みいだ》してはいなかった。

そして神の傲慢《ごうまん》さでもって、Dは救済とも試練ともとれるアップデートを実行した。

孤児院の面々からしてみれば、それは唐突な出来事だった。

孤児院の面々だけではない。

世界中の人々にとってそれは青天《せいてん》の霹靂《へきれき》だった。

どこからともなく湧《わ》いて出てくる、魔物の群れ。

この時出現した魔物は、初回ということもあって弱いものばかりだった。

しかし、銃火器などの武器はシステムによって使用不可にされており、人々は魔物に対して素手か、原始的な武器、もしくは日用品を武器として代用して挑まねばならなかった。

魔物は通常の野生動物とは異なり、人間に対して積極的に襲い掛かってきて、傷つこうとも逃げずに向かってくる。

そんな相手に、何の身構えもなくいきなり襲い掛かられて、冷静に対処できた人間は少なかった。

この時の魔物たちは本当に虚空から突如出現している。

いくら多少レベルが上がろうとも、ほとんどの人間はそれまで切った張ったの荒事とは無縁で暮らしていた。

戦場に身を置く職業軍人のように、常在戦場の心得などあるはずもない。

運悪く魔物の出現地点のすぐ近くにいた人間は、そのまま襲われてしまうケースも多々あった。

その場合はろくに抵抗することもできずに嬲《なぶ》り殺されてしまうことがほとんどだった。

孤児院の面々は魔物の出現地点と重なることはなかったので、虚空から現れた魔物の奇襲を受けずに済んだ。

しかし、それは必ずしも幸運であったということを指し示すものではない。

彼らはその時移動中だった。

もう少しで都市部から出られるところまで進んでおり、そこを抜ければ状況を改善できるのではないかという一縷《いちる》の望みを抱いていた。

そのため、意識することなく自然と進める足は速くなる。

焦りと期待とがないまぜになったその歩みは、そうと気づかぬうちに普段よりも体力を消耗させていた。

さらに連日の疲労と空腹によって体力と集中力は落ちていた。

魔物の奇襲を受けることはなかったが、だからこそその変化に気づくこともできていなかった。

そして、気づいた時にはすでに、囲まれていた。

そして移動中だったために、身を隠すことも、どこかに籠城《ろうじょう》することもかなわなかった。

結果として、不意をうたれて何が何だかわからぬうちに殺されてしまうという最悪の事態にはならなかったものの、それに次ぐぐらいの悪い状況での接敵となった。

初めて魔物を目の当たりにした孤児院の面々の反応は、意外と冷静だった。

パニックに陥るでもなく、魔物を敵としてきちんと認識できていた。

これはシステム稼働直後からの世界の急激な変化に対し、感覚が麻痺《まひ》していたからだった。

あまりにもそれまでの日常と乖離《かいり》した出来事が起こりすぎて、魔物の出現に対しても「そういうこともあるだろう」となってしまっていた。

常識の埒外《らちがい》の存在が目の前に現れても冷静を保てていたのは、考えるよりも先に生存本能が「戦わねばならない」と警鐘を鳴らしていたためでもある。

善良な人間でさえも生き残るために襲い掛かってくるという状況だったがために、目につく自分たち以外の生き物はみな敵だった。

だから、魔物と戦う心構えはできていた。

しかし、それとうまく事が運べるかはまた別の話。

孤児院の面々の中には非戦闘員も多く、さらにはほとんどのメンバーが疲弊し、空腹によって力を十全に発揮できない状態だった。

まともに戦えるのは数人。

対して、魔物の数はその倍以上だった。

「逃げろ！」

極限状態で感覚が研ぎ澄まされていた後の獣王は、この時最善の選択をした。

戦えるメンバーで魔物を抑え、その隙に非戦闘員たちを逃がすという。

非戦闘員をかばいながら戦う余裕はなかった。

戦闘員が気兼ねなく全力で戦うためにも、非戦闘員はその場を離脱すべきだった。

それが全員理解できたために、後の獣王の言葉に素直に従い、彼らは二手に分かれた。

この判断は間違っていなかった。

そのまま戦えば、何人の犠牲者が出たかわからない。

残った戦闘員たちは魔物に勝利したが、それはかなりギリギリの綱渡りだった。

一歩間違えば全滅していたくらいの、薄氷の勝利だった。

非戦闘員が残っていれば、結果は悲惨なものになったのは間違いない。

しかし、この時に離れればなれになったがために、彼らは再会までに長い年月を要することになってしまう。

戦闘員の彼らはこの後、戦いの道を歩むことになる。

それは修羅の道に通じていた。

一つにまとまっていた孤児院の面々は、ここで二つの道に分かたれることになった。

後年、生き残った面々は、この時に別れなければ未来は変わったのだろうかと、後悔の日々を過ごすことになる。


一方、逃がされた非戦闘員たちもまた、厳しい状況に立たされていた。

魔物は最初に襲い掛かってきた集団だけではなく、世界中に出現していたのだから。

逃げた先にも魔物がいたのだ。

彼らは魔物を避けて逃げ続けた。

そこに残っていたのは非戦闘員。

メンバーの中には後の初代勇者であるクラや、初代聖女であるナタリーなどもいたが、それは後の話であり、この時はまだ何の戦闘能力もない少年少女に過ぎなかった。

魔物と戦える力など無く、逃げるしか術はなかった。

しかし、逃げ続けられるはずもない。

ただでさえ体力の限界に達していた彼らが力尽きるのは早かった。

幸いにも元は店舗だった建物に駆け込むことができたため、そこで短いながらも休息をとることにした。

しかし、のんびりしている余裕はなかった。

店舗の入り口はガラス張りだったものが割れており、吹き抜け状態になっていたからだ。

店舗の奥に隠れることはできても、そこで籠城することはかなわない。

さらに悪いことに、騒ぎを聞きつけた魔物が周辺から集まってきていた。

見つかってしまうのは時間の問題で、もたもたしていたら魔物に囲まれてしまう。

というよりも、この時点ですでに半ば囲まれた状態だった。

それが周辺をうろつく魔物の鳴き声や気配でわかってしまった。

非戦闘員である彼らにできることは、息をひそめて終わりの時を待つことだけだった。

「……」

ゴブは恐怖でカチカチと鳴りそうになる歯を食いしばっていた。

周りを見れば誰《だれ》もかれもが顔色を悪くし、悲壮感を漂わせていた。

もう助かる見込みが薄いことを、皆が察していた。

「すー。ふー……」

ゴブは大きく息を吸い込んで、そして長々と吐き出した。

恐怖を飲み込み、覚悟を決めるために。

「ぼ、僕が囮《おとり》になる」

出した声はみっともなくかすれていた。

覚悟を決めたとしても、恐怖がなくなるわけではない。

からからに乾いた口内から出た言葉は、ゴブ自身情けないと思ってしまうほど、弱々しかった。

「僕はもう、あんまり生きられないから」

それでも、決めた覚悟は本物だった。

この状況、誰かが犠牲にならなければ、どうにもならない。

そして、その適任は自分だとゴブは思っていた。

ゴブの寿命は短い。

ここを生き残ったとしても、誰よりも早く死ぬのはゴブだ。

ならば、仲間を生かすためにここでその命を張るのが最善だと、ゴブは考えた。

「それなら、私が」

ゴブの宣言に、アリエルが同じく名乗りを上げる。

それに対してゴブは首を横に振った。

「アリエルは、あいつらから逃げ切れない。すぐ捕まる。時間を稼ぐこともできない」

ゴブの言葉にアリエルの表情が悔し気に歪《ゆが》む。

車椅子生活が基本で、まともな日常生活さえ送るのが困難なアリエルに、魔物相手に時間稼ぎができるはずがなかった。

先が短いという意味ではゴブとアリエルに差はないが、ゴブが健康体で寿命が短いのに対し、アリエルは病弱でいつ死んでもおかしくないという違いがある。

走って逃げられるゴブのほうが時間稼ぎができるし、この場では適任だった。

うつむくアリエル。

ゴブはこれ以上の問答を避けるために、立ち上がった。

すぐに行動に移さなければ、覚悟が揺らいでしまいそうだったからだ。

ゴブは勇敢でも何でもない。

むしろ臆病《おくびょう》で自己主張が乏しく、こんな大それた決断ができる人間ではない。

追い込まれたこの状況だからこそ、行動に移そうという決断を下せた。

だからこそ、ほんの少しのきっかけで、その覚悟は揺らいでしまう。

みっともなく生にしがみついて、命乞《いのちご》いをしたくなってしまう。

寿命が短いことを、どうしようもないことだと受け入れはしていても、実際に死に直面してしまえばやはり恐ろしかった。

「待って！」

黙って歩き出そうとしたゴブを呼び止めるアリエル。

「これ」

そして、ゴブの手に何かを握らせた。

受け取ったものを見ると、それは押し花の栞《しおり》だった。

いつもアリエルが読書する時に使っていたものだった。

「それ、気に入ってるから、ちゃんと返しに戻ってきて」

その言葉にこもったメッセージを、ゴブは過たず受け取った。

生きて帰ってこい、という。

それに対して、ゴブは何も言えなかった。

ただ曖昧《あいまい》な笑みを浮かべることしかできなかった。

しかし、生きて帰れるとは、思えなかったからだ。

生きて帰りたい。

結局ゴブは何も言わず、飛び出していった。

初めはこそこそと。

他のメンバーがいる店舗跡から離れたところで、今度は走り出す。

「わああああ！」

あえて目立つように、叫び声を上げながら。

「わあああああ！」

それは魔物たちを自分のほうにおびき寄せるためでもあったが、それ以上に自身の恐怖を誤魔化《ごまか》すためでもあった。

「わあああああ！」

叫んでいなければ、恐怖に飲まれてその場から動けなくなってしまいそうだった。

ゴブの叫び声を聞きつけて集まってくる魔物たちに対して、心がくじけそうになってしまう。

叫びながら、手に握った花の栞を強く強く握りしめる。

アリエルのお気に入りの栞は握りつぶされてしまっていたが、ゴブはその存在に縋《すが》っていた。

勇気をもらっていた、という前向きな感情ではない。

ただただ恐怖を誤魔化すために、強く握りしめてその存在を意識に刻み込んでいただけに過ぎない。

そうすれば、脳裏に憎からず思っていた相手の顔を思い浮かべることができた。

ゴブはアリエルのことを同族だと思っていた。

寿命の短いゴブ。

健康に難があり、長くは生きられないだろうアリエル。

それぞれ抱えているものは違えど、同じキメラで同じ孤児院で暮らす家族。

他の孤児院メンバーもゴブから見れば家族だったが、その中でも特に親近感を覚えていたのはアリエルだった。

性格もお互いにあまり主張しないタイプだったのもそれに拍車をかけた。

ゴブはアリエルに好意を抱いていた。

恋愛的な意味ではなく、どちらかと言うと傷をなめ合うような心境だったが、それでもゴブが最も心を許していたのはアリエルだった。

アリエルがゴブのことをどう思っているのかは知らないが、少なくとも嫌われてはいないということは、渡された花の栞が証明していた。

それが嬉《うれ》しくもあり、もう会えないことが悲しくもあり、返せないことが申し訳なくもあり、それらすべての感情を塗りつぶすほどに、やはり怖かった。

「ああああ！」

迫ってくる魔物たち。

この時の魔物たちは初期の、経験値を稼がせるための弱い魔物ばかりだった。

足の速さもさほどではなく、体力の限界に達していたゴブでもそこそこの距離を逃げられた。

それでも、いつかは限界が来る。

そして、それなりの距離を逃げ続けたために、ゴブ自身の想定よりもはるかに多くの魔物を引き寄せてしまっていた。

あるいは、弱い魔物ばかりだったために、数が少なければゴブでも撃退できたかもしれない。

しかし、弱くても数が多くなればどうしようもない。

無数の蟻《あり》につどわれた大型昆虫のように、少しずつその身をかじられ、削り取られて行くしかない。

ゴブは追いつかれた魔物に転ばされ、まさにそれと似たような状態にされていた。

「ああああ！　怖い！　怖いよう！」

暴れ、もがき、叫ぶ。

仲間のために自身の命を犠牲にして囮となった男の最期としては、その姿はみっともなく、情けなかったかもしれない。

それでも、残された孤児院のメンバーにとって、彼は英雄だった。

勇敢な、まごうことなき、英雄だった。

彼の献身によって、残った孤児院のメンバーは誰一人欠けることなく、この危地を脱することができたのだから。

「ああ、あ……」

ゴブはその命が潰えるその時まで、花の栞を握り締め続けていた。


その後、ゴブリンと呼ばれる魔物がこの世界に出現する。

彼らは緑色の肌をした小人で、寿命が短い。

そして彼らは勇敢であることに誇りを抱き、戦いに赴く際には花のお守りを手にしているという。

ゴブとゴブリンに因果関係はない。

されど、ゴブの在り方が世界に影響を与えた結果、ゴブリンがそうなったのではないかと、アリエルは考えた。

孤児院でのささやかな日常2

リビングにはページをめくる音だけが響く。

夕食が終わった時間。

すでに大半の孤児院の面々は各々の部屋に引っ込み、それぞれ好きに過ごしているか、すでに就寝しているかだった。

そんな中、リビングに残っているのはアリエルとゴブの二人だけだった。

二人は静かに読書をしていた。

運動のできないアリエルの趣味は限定されており、読書と編み物がそれだった。

他にもテレビを見たり音楽を聴いたり、動く必要がない趣味もあるにはある。

が、動く必要がないそれらの趣味は、動けない時に仕方なくそうしているという面があった。

アリエルは体調次第では動くのもつらい時があったからだ。

それこそ本を持つのもつらく、編針を動かすのも億劫《おっくう》なほど。

この時の体調はそこそこよく、編み物をするよりも本を読みたい気分だった。

リビングに残って本を読んでいたのも、単純に気分の問題だった。

対してゴブは夕食の後リビングに残っているのが常だった。

リビングにいれば誰かしらが相手をしてくれるからだ。

ゴブはどちらかと言うと人見知りするタイプの、自己主張の薄い性格をしている。

気心の知れた孤児院のメンバー相手でも、積極的に自分から話を振ることはない。

しかし、寿命が短いゴブは触れ合いの時間を大切にしていた。

一分一秒が貴重で、その時間を自分のためだけに使うのをもったいなく感じていた。

あるいは、それは少しでも誰かの記憶に残りたいという、ささやかな願望の発露だったのかもしれない。

リビングに大勢が残っていて、話に加わることがなくても、ゴブは端のほうでその輪にこっそり加わっているのが常だった。

この日はたまたまアリエルとゴブの二人しか残っておらず、二人ともあまりぺちゃくちゃおしゃべりに興じるタイプではなかったというだけ。

アリエルと違ってゴブはそこまで読書を趣味にしているわけではない。

読書というのは完全に一人でこなす趣味だ。

できれば複数人の輪の中にいたいゴブにとって、琴線に触れにくい趣味だった。

ただまったく本を読まないというわけでもない。

話のタネに話題の本を読んだり、誰も手すきの人間がいない時などにはしょうがなく暇をつぶすために読書したりする。

この時のゴブはたまたま読んでいた話題のベストセラーが思いのほか面白く、続きが気になって珍しく読書を優先していた。

だから、アリエルとゴブの二人だけがリビングに残っていて、さらに二人ともが読書に興じているというのは、かなり珍しいことだった。

「あれー？　珍しい」

だからだろう。

ひょっこり顔を出したナタリーが、そんな二人を見て不思議そうな顔をしたのは。

読んでいた本から顔を上げるアリエルとゴブ。

「そろそろ寝たほうがいいんじゃないのー？」

ナタリーに言われて時計《とけい》を見ると、すでにいい時間になっていた。

深夜とまでは言わないが、たしかに言う通りそろそろ寝たほうがいい時間帯だった。

特にアリエルは夜更かしすると体調が心配だ。

「そうだね」

苦笑しながらお気に入りの押し花の栞を本に挟むアリエル。

その栞の押し花はいつだったかの合同誕生日会の時に、サリエルが孤児たちに一輪ずつプレゼントした花だった。

孤児たちはそれぞれ誕生日を知らないため、年に一回合同誕生日会として盛大なパーティーを開催している。

大半の孤児たちがその時に受け取った花をただ花瓶に入れて、時が経《た》ったら枯らしたのに対し、アリエルは押し花にして保存することを選んでいた。

院長に押し花のやり方を教わりながら作っていたのを、ゴブは記憶している。

アリエルの押し花の栞を見ると、あの時自分も押し花にしておけばよかったと、枯れてしまった花にがっかりした時の記憶がよみがえって複雑な気分になるゴブだった。

ちなみに、ナタリーもアリエルと一緒に押し花にチャレンジしたものの、失敗してぐちゃぐちゃにしてしまった経緯がある。

ナタリーは可憐《かれん》な容姿に反してがさつで、苛烈《かれつ》な性格をしている。

押し花なんて繊細な作業が成功するはずがないと、作業をしているのを横目に見てゴブは確信していた。

「なーにいやらしい目で見てるのー？」

そんな残念な思い出を振り返りつつナタリーを眺めていたからか、不機嫌そうにそんなことを言われてしまった。

「み、見てない！　見てない！」

「本当かなー？」

慌てて否定するも、ナタリーはずいと身を乗り出して近づいてくる。

第二次性徴を迎えたナタリーの体つきは女の子らしさが増していた。

アリエルやゴブが身体的に第二次性徴を迎える年齢に達してもさほど変化がなかったのに対し、ナタリーは順当に成長している。

ナタリーは耳がやや尖《とが》った、エルフのプロトタイプとでも言うべきキメラだった。

完成形のエルフは寿命の長さに比例して身体的な成長も遅かったのだが、プロトタイプであるナタリーは普通の人間と差がなかった。

年相応に女の子らしくなり、寝間着だったこともあって、体形がよくわかってしまう。

ずずいと間近に迫ったナタリーから、心なしかいいにおいまでしてくるようだった。

知らず、ゴブは赤面してしまう。

その反応に満足したかのような笑みを浮かべ、ナタリーはゴブから離れる。

ホッとしたのもつかの間、離れたと思ったナタリーが急に距離を詰めた。

「ほら、むぎゅー！」

「ぶっ⁉」

急に抱き着いてきたナタリー。

ゴブは座っていて、立っているナタリーが抱き着いてくると、ちょうどナタリーの胸がゴブの頭に当たることになる。

自分の顔が何に包まれているのか理解したゴブがのけぞり、椅子から転げ落ちてしまう。

その様子をけらけらと笑いながら見下ろしているナタリーと、呆《あき》れたように見ているアリエル。

「な、な、な⁉」

「あはは！　うけるー」

ナタリーに笑われて、ゴブは顔を真《ま》っ赤《か》にしてへたり込んでしまった。

そして、いたたまれなくなって逃げるようにして這《は》ってリビングから出て行った。

「逃げちゃったー。かーわいーい」

「……趣味悪いよ」

「えー？　好きな子はいじめたくなるってよく言うじゃーん」

「それ、主に男子が女子にやるやつだと思うけど？　ていうかそれって嫌われる典型的なパターンだと思うし」

「大丈夫大丈夫。いざとなったら既成事実作って逃げられないようにするからー」

「全然大丈夫じゃないよ」

けらけらと笑うナタリーと、それを呆れたように見つめるアリエル。

そんな会話がなされていたことを、真っ赤になって逃げてしまったゴブは知らなかった。


後に初代聖女となるナタリー。

彼女は初代勇者であるクラと行動を共にしており、二人は恋仲だったと言われている。

しかしナタリー本人はそれを明確に否定しており、クラのほうも同じように否定している。

周囲の人々はそれを照れ隠しや、色恋沙汰《ざた》にうつつを抜かしている場合ではないからそう言っているのだと勘違いしていた。

ナタリーが自身の功績や献身的に傷病者を癒《いや》す姿、聖女という称号に対して、

「あたしはそんなご立派なもんじゃない」

と謙遜《けんそん》していたことも勘違いに拍車をかける要因となっている。

彼女は、在りし日のゴブの勇姿を、ゴブが守ったものの価値を、ただただ高め、守っていきたいがためにクラという本物に付き従っているだけだったのだが。

しかし、ゴブが情けなくも英雄だったように、ナタリーの献身もまた、それを受けた側からすればまた本物だった。

アリエル、昔をかく語りき2

「そういうわけで、ゴブゴブは今のゴブリンみたいに勇猛果敢だったわけじゃなかったんだ。ただ最後のかっこつけが美化されて、今のゴブリンたちに影響を与えて受け継がれてんだろうね」

語り終えたアリエルは一息つく。

文言だけ聞けば貶《けな》しているようにも聞こえるが、その優し気な表情を見ればアリエルがどれだけゴブゴブのことを思っていたのかがわかる。

「ゴブリンの始祖っぽいゴブゴブの武勇伝としては真実を語らないほうがよかったのかもしれないね。どう？　失望した？」

「いいえ。むしろ余計に尊敬しましたよ」

ラースはアリエルの話を聞いて本心からそう思った。

命を賭《と》すなんてことは誰《だれ》にでもできることではない。

それを、弱気な人物がやってのけた。

それだけで尊敬に値する。

直接の繋《つな》がりはなくとも、その系譜であるゴブリンに生まれてよかったと思える程度には、ラースは感銘を受けていた。

「アリエルさんアリエルさん」

「なになに？」

そこでソフィアがやや身を乗り出しながらアリエルに声をかける。

「吸血鬼は？　こう、壮大なエピソードがあるんじゃない？」

ワクワクという様子を隠すこともせず尋ねるソフィア。

知られざるゴブリンのエピソードでこれだけ濃い内容の昔話が出てきたのだから、きっと吸血鬼でも同じような話が聞けるに違いないと確信している様子だった。

なぜならば、初代魔王こそが吸血鬼の真祖であるフォドゥーイという男だったのだから。

その初代魔王と戦った初代勇者もアリエルと同じ孤児院出身ということもあり、そこには壮大な物語があったのだろうことは想像に難くない。

「……あー。期待してるところ悪いんだけど、ゴブゴブの話に比べてそっちのほうは私が知ってることってあんま多くないんだよね」

しかし、ソフィアの期待を裏切り、若干バツが悪そうにアリエルが頬《ほお》をかく。

「えー!?　だってアリエルさん、演説の時に初代魔王フォドゥーイの遺志をなんちゃらかんちゃら言ってたじゃないですか!?」

「あれは、ほら、その場のノリと勢い？」

「ええー!?」

不満そうなソフィアをどうどうとなだめるラース。

「イヤ、実際私って伝聞でしかフォドゥーイさんのこと知らないんだよねー。会ったことは、たぶん、ある、と思う。けど孤児院視察に来てたのをチラ見しただけとかそういうレベル。ごめん、それもテレビで見たのをごっちゃにしてるだけかもしれない。話したこともないんじゃないかな？」

さすがにアリエルも昔のことすぎて記憶が鮮明ではなく、もしかしたら一言くらいは交わしたことがあるかもしれないが、少なくとも親しく話すような間柄ではなかった。

「システム稼働後も結局私とは会うことなくクラが倒しちゃったからなー。伝聞のみの話でいいなら話せないこともないけど、どうする？」

「それでもいいから聞きたいです！」

食い気味に即答したソフィアに、アリエルは苦笑を漏らす。

「まあ、伝聞のみでもあの人の話はすごいから、退屈はしないと思うよ。じゃあまずは、フォドゥーイさんがどういう人だったのかから話そうか」

そうしてアリエルは、ほとんど交流のなかった、しかしその名を未だに覚えているくらいには鮮烈な人物のことを語りだした。

フォドゥーイ

財界の魔王と呼ばれた男、フォドゥーイ。

彼の半生を他人が見たならば、順風満帆だったと思うだろう。

実際その認識に大きな間違いはない。

フォドゥーイは大きな財閥の跡取りとしてこの世に生を受けた。

その時点で勝ち組といっても過言ではないが、天は二物以上を彼に与えていた。

跡取りとしてふさわしくあるよう施された教育を余すところなく身につけた頭脳。

分刻みの過密なスケジュールにも耐え、老齢になるまで大きな病を抱えることもなかった頑健な肉体。

それらを十全に使いこなし、元から大きかった財閥をさらに発展させ、財界の魔王とまで呼ばれるようになるほどの活躍をしてきた。

そのような蔑称《べっしょう》をいただきながらも折れることのなかった精神性も含め、フォドゥーイはある意味完成された人間といってよかった。

ただし、その完成された人間が幸福だったかと言うと、そうではなかった。

少なくとも本人は幸福など感じたことがない。

金を稼ぐためならば何でもすると言われ、恐れられた末に財界の魔王などと呼ばれるようになってしまったフォドゥーイだが、本人からしてみればはなはだ不本意な呼ばれ方だった。

フォドゥーイはそもそも金稼ぎにそこまで執着していない。

実家である財閥を大きくするために腐心していたらいつの間にかそう呼ばれていただけなのだ。

その実家を大きくするというのも、その家に生まれたからにはという義務感から生じた使命だった。

跡取りとして家を大きくするのは義務であり、そこにフォドゥーイの主義主張はない。

ただ真面目《まじめ》に実家を大きくするために働いていたら、金の亡者のごとく扱われ、財界の魔王などと言われてしまったのだから、フォドゥーイの不満もわかろうというもの。

しかし、フォドゥーイに何の落ち度もなかったかと言えばそうでもない。

端的に言えば彼はやりすぎた。

元から大きな財閥であり、手元の資本は潤沢だった。

そこからフォドゥーイは彼の持てる才覚をいかんなく発揮し、財閥をさらに大きくした。

大きくしすぎた。

その過程においてライバルを蹴落《けお》とすことは当然のように行っているし、グレーゾーンどころか完全に黒い範囲のことにまで手を染めている。

ただ、それは大財閥であれば致し方ない範囲のことであり、他の財閥に比べればクリーンだったとフォドゥーイは思っている。

それでも手段を選ばず財閥を大きくした実績は覆ることはなく、あまりにもその業績が目立ちすぎてしまったがためにやり玉に挙がってしまった面もあって、フォドゥーイのイメージは財界の魔王として確固たるものとなってしまった。

生まれながらに敷かれていた人生のレール。

その上を進んでいただけなのに、気づけば財界の魔王だなんだと騒がれていたのだから、フォドゥーイが自身の半生に幸福を見いだせないのもある意味仕方がないことだった。

だからだろうか。

フォドゥーイがサリエルに惹《ひ》かれたのは。

惹かれたというよりは、同族に対する憐みの感情が大きかったのかもしれない。

敷かれたレールの上を進むだけの空虚さを誰よりも知っているフォドゥーイだからこそ、サリエルの在り方に感じ入るものがあった。


フォドゥーイがサリエルと出会ったのは、彼が引退を考え始めたころだった。

老齢に差し掛かり、そろそろ後進に事業を引き継ぐころだろうと思い始めたとき、たまたま仕事で顔を合わせたのがきっかけだった。

厳密に言えばフォドゥーイとサリエルが最初に出会ったのはこの時ではない。

サリエルはその前からサリエーラ会という組織を運営していたし、サリエル自身が人ならざる超常の存在であるというのは政治家や財界の重鎮にとっては公然の秘密だった。

当然、フォドゥーイもそのことを知っていたし、仕事上の付き合いもそれなりにあった。

ただ、あくまで仕事上の付き合いでしかなく、個人的な付き合いは全くなかった。

いつもであれば事務的なやり取りをして、世間話一つすらせずに別れたところだったのだが、フォドゥーイはその日気まぐれでサリエルを食事に誘った。

そしてサリエルはこの提案を受け入れた。

この会食は奇跡的な出来事だった。

フォドゥーイもサリエルも多忙を極める立場であり、当日に食事に誘ったところで大抵予定が合わない。

フォドゥーイもその日はたまたま予定が空いており、気まぐれで誘ったに過ぎなかった。

断られることが前提のご機嫌伺いのようなものであり、そこに大した意味はなかった。

しかし、この時サリエルもまた、たまたま予定が空いていた。

そしてサリエルは基本的に人からの常識的な提案は断らない。

かくしてフォドゥーイとサリエルは私的な食事会を行った。

この食事会で何か劇的なことがあったわけではない。

双方当たり障りのない世間話に終始しただけだった。

お互いに忙しい身とあってその時間も短く、親交を深められたとは言い難かった。

しかし、縁はできた。

この時を境にフォドゥーイはサリエーラ会への出資を増やした。

これもまたフォドゥーイとしてはご機嫌伺い以上の意味合いはなかった。

名前と顔だけ知っている取引相手から、顔見知り程度になれるかもしれないという、かなり打算的な理由によるものだった。

そこまでだったならばフォドゥーイがサリエーラ会とそれ以上懇意になることはなかったであろう。

権力者から出資を受けることはサリエーラ会では往々にしてあった。

サリエルという超常の存在から覚えめでたくありたいという下心によって。

フォドゥーイのそれも他の権力者たちと大した差はない。

たとえフォドゥーイの出資した額が他の出資者よりも頭一つ抜けて多かろうが、それで好感を抱くほどサリエルには人間味というものがない。

しかし、その後フォドゥーイはサリエルの右腕のような立場についている。

そうなった経緯は単純で、フォドゥーイが出資先を視察し、その経営に口出ししたことがきっかけだった。

サリエーラ会の活動は多岐にわたっているが、その理念は一貫して弱者救済にある。

その性質上、どうしても利益度外視の活動を行っている部署もあり、赤字どころではない火の車となっているところもあった。

見かねたフォドゥーイが口出しし、経営の見直しが図られた。

そうした部署は善意の出資によって支えられており、大口の出資者であるフォドゥーイの意見を無下にできなかった。

フォドゥーイの言っていることが間違っていなかったのもあり、拒否しづらかったというのもある。

サリエーラ会としては金の亡者、という認識である大財閥の総帥の意見を聞くのは本来抵抗があった。

弱者救済を掲げるサリエーラ会にとって、金持ちというのはその弱者から金を奪い取っていく存在であり、敵にも近い感覚を抱いていた。

その金持ちの出資によって活動が支えられている状況は、サリエーラ会にとって忸怩《じくじ》たるものがあった。

しかし、フォドゥーイの意見を取り入れた部署はみるみる業績をよくしていった。

赤字だった経営は黒字になり、それどころか他の赤字の部署の補填《ほてん》さえできるほどに業績は回復していったのだ。

それに伴いサリエーラ会の活動の幅がさらに広がり、支援できる範囲も広がった。

利益を上げることだけが目的の金持ちらしい方針だと、最初は嫌悪していたサリエーラ会の人々も、その状況を見て考えを改めざるをえなかった。

フォドゥーイからしてみればその結果は当たり前のことだった。

弱者救済という理念は貴ぶべきものだが、サリエーラ会はその手段がなっていなかった。

支援の輪を広げたければ、利益を出すところではしっかりと利益を出すべきなのだ。

たとえば病院の経営であれば、自転車操業では器具や設備の更新もままならない。

医療技術は日々進歩しており、病院もそれに合わせて施設を更新していかなければ、サービスの悪さで客足は遠のいていく。

しかるべきところで利益を出さなければ、どんどん悪化していくだけで改善の見込みなどない。

サリエーラ会は受け取った出資をそのまま弱者に還元しているだけだった。

しかし、それではサリエーラ会の運営は自転車操業のままで、発展性がない。

フォドゥーイはそこを改善しただけに過ぎない。

これがサリエーラ会にとっては目から鱗《うろこ》だった。

弱者救済のために聖職者のごとく清貧を心掛けていたサリエーラ会にとって、さらなる発展のためには利益を出さねばならないという認識がそもそもなかった。

むしろ利益を出すことは悪いことのようにすら感じられていたのだ。

フォドゥーイとサリエーラ会での視点の違いだった。

この改革の成功により、サリエーラ会は徐々にフォドゥーイに頼るようになる。

フォドゥーイもこの頃《ころ》になると引退を視野に入れ、業務を親族や部下に引き継ぐようになっており、時間に余裕ができつつあった。

仕事人間で多忙なのが日常だったフォドゥーイはその余暇の過ごし方がわからなかったこともあり、サリエーラ会の依頼を快諾していた。

どこまで行ってもフォドゥーイは仕事人間だったのだ。

こうしてサリエーラ会との接点を増やしていったフォドゥーイは、いつの間にやらサリエルの右腕のような立場に収まっていた。

フォドゥーイも意図したことではなかったのだが、彼が真面目《まじめ》にサリエーラ会の改革に取り込みすぎたために、そのように見られるようになり、事実そのようになっていった。

実家の財閥を大きくしたときのように、フォドゥーイはやりすぎていたのだ。

彼の真面目すぎるところが出てしまった結果だった。

ただ、その状態にフォドゥーイが不満を抱いていたかと言うと、そんなことはなかった。

大財閥の総帥であり、財界の魔王とまで言われる財界のトップに上り詰めたフォドゥーイだが、真面目に働いていただけであり権力欲や権勢欲があってそうなったわけではない。

財界の中には自分たちのトップと目されている人物がサリエルに侍っているような状況を快く思わない人物もいたが、フォドゥーイ自身は誰かの下についてもなんとも思わない。

プライドよりも効率を優先する。

それがフォドゥーイという男であり、その真面目さと効率重視の姿勢で財界のトップにまで上り詰めたのだ。

フォドゥーイをよく知る人物は彼のことをこう評する。

「機械人間」

そのように言われるフォドゥーイだったが、人間味がないわけではないし、ましてや感情がないわけでもない。

周囲が言うように冷めた人間であるという自覚はあったし、そのように言われても傷つかない図太い精神もあって、機械人間という評価は妥当だとすら思っていた。

しかし、いくら図太くともまったく傷つかないわけではない。

ふとした時にむなしくなることもままあった。

財界の魔王という虚像だけが大きくなり、本当のフォドゥーイを知る者は少ない。

その本当の姿さえ、真面目な仕事人間というだけで、面白みがない。

仕事に生きてきたフォドゥーイには親しい友もいなければ、心通わせられる家族さえいなかった。

結婚はしていたが政略目的のもので、完全な仮面夫婦。

子供にしても上司と部下としてしか接しておらず、家族らしい交流は皆無だった。

他の親族にしても同様だ。

仕事をとってしまったらフォドゥーイには何も残らない。

そう自身でさえ思ってしまうほど空虚な人生を送っていた。

あらかじめ敷かれたレールの上を進むだけの人生であり、そこにフォドゥーイという個人の意思は必要とされない。

真面目なフォドゥーイはそれをよしとして仕事に打ち込んだが、老齢になり死期が近づいてくると一抹の寂しさもまた感じていた。

そんな時期にサリエルとの交流が増えたために、ついつい彼女に入れ込んでしまったのは否めない。

サリエルもまた、フォドゥーイから見ると空虚な存在だった。

サリエルが敷かれたレールの上を愚直に進み続けているのは、少し付き合ってみればすぐにわかる。

サリエルがことさらに使命という単語を使い、隠す様子も見せなかったのだからそれも当然のことだった。

そして少し話しただけでも、サリエルが人間味のない、それこそ本物の機械人間のように感情のない人物であることがわかってしまう。

感情がないというのは比喩《ひゆ》でも何でもなく、サリエルには本当に感情という機能が存在していない。

サリエルは人ならざる存在であり、初めから感情がなかった。

冷徹であるがために機械人間と呼ばれたフォドゥーイとは、そこが明確に違う。

感情が薄いのと全くないのとでは根本が異なる。

フォドゥーイは初め、サリエルに対して同族のような親近感を覚え、その後サリエルに感情がないことを知って同情を覚えた。

フォドゥーイはどうしてもサリエルのことを哀れな存在だと見てしまった。

サリエルに感情はない。

だというのに、人間を贔屓《ひいき》して、弱者救済などというお題目を掲げたサリエーラ会という組織を率いている。

サリエルは自身でさえその目的を自覚していないように、フォドゥーイの目には見えた。

おそらくサリエルには感情がない。

否、なかった。

しかし、わずかに感情の兆しらしきものが芽生えている。

だというのに、サリエル自身はそれを自覚することができていない。

もともと持っていなかったせいか、感情の存在を認知できていない。

フォドゥーイの目にはそのように映った。

フォドゥーイから見て、サリエルは情緒が育ち切っていないうちに大人になってしまった幼子のように感じられた。

その感情の行き場を、使命というレールに無理やり乗せて走っている。

何とも不器用で歪《いびつ》な、見ていて痛ましい気持ちにさせられていた。

フォドゥーイは自身で望んでレールの上を進む人生を歩んだ。

実家のためという義務感からではあるが、いくらでもレールの上から外れる選択肢はあったのにそれをしなかったのは、間違いなく自身の意思によるものだ。

それに対してサリエルはレールの上を進む以外の選択肢を持たない。

持とうという意思が欠如している。

真面目と言えば聞こえがいいが、それは愚直であり、またやはり自由意思が欠如し情緒が未熟なようにフォドゥーイの目には映ってしまう。

レールから外れろとまでは言わないが、フォドゥーイはせめてサリエル自身に選択する意思を持ってほしかった。

今のままでは路頭に迷わないためにレールの上を進んでいるようにしか見えなかったのだ。

レールから外れたら、途端に何もできない迷子《まいご》になってしまう。

それが確信できるくらい、サリエルは幼子同然に見えた。

フォドゥーイはサリエルのそんな在り方に同情し、できる限り見守ることにした。

夫としても親としても落第の自分に、サリエルを教え導くことができるとは思わなかった。

ただ、これまで培ってきた仕事の技能でもってサリエルを支える。

どうせ老い先短いことだし、余生をそこに全力でつぎ込んでも罰は当たらないだろうと邁進《まいしん》した。

ギュリエとの出会いはフォドゥーイにとって僥倖だった。

老い先短い自分とは違い、龍という、サリエルと同じ時間を共に歩める種族だ。

しかも、出会い頭に病院で怒りを爆発させてくるという、わかりやすく感情を持っていると察せる人物だ。

話してみれば意外と理知的であり、またプライドなどの価値観も人間に近い。

あくまでサリエルよりは、という注釈がつくが、話が通じない相手ではなかった。

人ならざる存在でありながら人の世界で生きるサリエル。

人ならざる存在であり龍の世界で生きるギュリエ。

両者が歩み寄れば、あるいはサリエルにも新たな居場所ができるのではないか？

そう考えたフォドゥーイは、まずはギュリエに人間社会について学んでもらった。

サリエルが今後も人間社会で生きていく選択をしたのであれば、ギュリエにはそれを尊重し、人間社会にも理解を持っている存在であってほしかったからだ。

その際口八丁でギュリエをさんざん煽《あお》って挑発したが、内心では上から目線で神をも掌《てのひら》で転がそうとしている自分こそ、なんとも傲慢《ごうまん》な存在であるなと苦笑したものだ。

ギュリエにしていることはあくまでもフォドゥーイの願望を押し付ける行為だ。

怒鳴り込んできたギュリエの主張を封殺しながらも、フォドゥーイはギュリエに自身の願望を押し付けている。

何とも身勝手なことであり、相手が神である龍だと考えればとんでもない傲慢だ。

ただ、最終的にギュリエがサリエルとつき合い続けるかどうかはフォドゥーイの関知するところではない。

あくまでもそうなってくれればいいというフォドゥーイの願望であり、ギュリエの自由意思さえ無視してそれを押し付けるつもりはなかった。

結果として、フォドゥーイは自身の考える以上の重みをギュリエに課してしまったことを後悔する羽目になる。

ＭＡエネルギーに端を発する世界滅亡の危機。

それを阻むためにサリエルが自らを生贄《いけにえ》に捧《ささ》げようとし、さらにそれを阻止するためにギュリエがDと名乗る上位存在に首を垂れ、世界はシステムという理外の理を追加されて変容した。

その一連の事件にフォドゥーイは関わることができなかった。

たとえフォドゥーイが関われていたとしても何かが変わったわけではなかっただろう。

しかし、完全に蚊帳の外に置かれていたことが、フォドゥーイの心に暗雲を垂れ込めさせているのも事実だった。


「あるいは、そうであればこそ、か……」

フォドゥーイは呟《つぶや》く。

こうなることがまるで運命であったかのように。

システムの核として捕らわれてしまったサリエル。

それを救う理由がフォドゥーイにはあり、そしてその力もある。

MAエネルギーを世界に拡散させた犯人であり、一連の事件の黒幕とも言うべき存在であるポティマス。

そのポティマスがしていた不老不死実験の一つである吸血鬼化。

フォドゥーイはその不完全な実験の余波を受け、吸血鬼となってしまった。

サリエーラ会と非道な人体実験を繰り返すポティマスの暗闘はMAエネルギーが世に広まる前から続いていた。

その一環としてフォドゥーイは傭兵《ようへい》部隊をポティマスの実験施設の一つに送り込み、これを制圧することに成功した、が。

その制圧下において傭兵部隊が吸血鬼化し、暴走。

フォドゥーイも暴走した傭兵の襲撃を受けて噛《か》まれてしまい、吸血鬼化してしまったという経緯がある。

この吸血鬼化において、正気を保てたのはフォドゥーイだけであり、他の感染した人間は全《すべ》て獣のようになり果ててしまった。

正気を保つことができたフォドゥーイにしても、いつ他の感染者のようになってしまわないとも限らないことから、隔離されてしまった。

本来であれば年齢のこともあってそのまま隔離施設で一生を終えたであろう。

不完全な吸血鬼化では、ポティマスが期待するような不老不死に至ることはできないはずであったからだ。

しかし、システムが稼働したことにより状況は変わる。

システムの後押しを受けてフォドゥーイはスキルとして吸血鬼の力をその身に定着させ、不完全だった吸血鬼化を完全なものとした。

これによりフォドゥーイは不老となり、吸血鬼の力を自由に振るえるようになる。

システム稼働後の混乱に乗じて隔離施設から脱出したフォドゥーイは、しばらくは情報を集めつつ潜伏していた。

そして得られた情報を繋《つな》ぎ合わせて現状を把握し、行動を開始する。

「……誰かがやらねばならぬのであれば、私がやらねばなるまい」

サリエルを救うには、世界を救うには、やらねばならぬ。

「私が人類を殺し尽くしてサリエル様を救うのが先か、私と人類の殺し合いでエネルギーが満ちるのが先か、あるいは私が志半ばで朽ちるのが先か。世界を賭《か》けたチキンレースといこうではないかね」

フォドゥーイという男は真面目《まじめ》すぎる人間だった。

自身の幸福を顧みることなく、敷かれたレールの上を自らの意思で歩み続けるくらいに、真面目な男だった。

そして、財界の魔王と呼ばれ畏《おそ》れられるほど、手段を選ばない男でもあった。

何よりも、彼は神をも恐れぬ、自身の願望を押し通すことができる、傲慢な男だった。

「では、始めよう」

後に初代魔王と恐れられる、吸血鬼の始祖はこうして動き出した。

アリエル、昔をかく語りき3

「というわけで、フォドゥーイさんは人類を滅ぼすべく、片っ端から出会う人を吸血鬼に変えて、その吸血鬼にも出会った人間全員吸血鬼に変えるよう命令して。鼠算《ねずみざん》式に吸血鬼を増やしていったんだよね」

「……それ、人類に勝ち目あるの？」

「ああ、まあ、吸血鬼のほうが圧倒的に有利そうに聞こえるだろうけど、実情はちょっと違ってね。なんせ吸血鬼になっても意識は元のまま残るわけじゃん？　いくら眷属《けんぞく》支配とかのスキルで親の言うことを強制的に聞かされてたとしても、イヤイヤやらされてるんじゃどうしたって動きは鈍るからねー」

「ああ、なるほど」

アリエルの言葉で納得するソフィア。

「俺はこんなことしたくないんだー！　って泣き叫びながら襲い掛かってくる吸血鬼。それを迎え撃つ人類。控えめに言って地獄絵図だけどね」

「……ああ、なるほど」

強制的に従わされ、人類を襲わねばならない吸血鬼にされた犠牲者。

そしてその吸血鬼を殺さねばならない人類。

どちらにとっても地獄だろう。

吸血鬼軍と人類軍の戦いが悲惨だったのは見なくても想像できる。

「そんな地獄絵図を作り出した初代魔王フォドゥーイはそりゃもう畏れられた。田舎《いなか》の孤児院に引っ込んだ私たちの耳にさえ入ってくるほどだったんだから相当だよね」

流通網が破壊され、物も情報の行き来も困難になったシステム稼働直後の時でさえ、魔王フォドゥーイの噂《うわさ》は世界中に駆け巡った。

これはフォドゥーイ自身が喧伝《けんでん》しようと動いたからであり、また、いち早くその存在を察知したダスティン大統領が組織的に動いた結果でもあった。

「ホント、ダスティンはすごい奴《やつ》だよ。その方針こそ気にくわないし相いれなかったけど、あの能力だけは本物だ」

女神サリエルを生贄にして世界を存続させようとし、その決断ゆえに神をないがしろにしてでも人族を優先させる方針を打ち出したダスティン。

その在り方はサリエルを至上とするアリエルとは相いれないものだったが、その有能さは認めるところだった。

敵ながら、あるいは敵だからこそ。

そのダスティンはシステム稼働直後の混乱期、誰《だれ》よりも早く組織的なまとまりを持った集団を統率し、国と呼んで差し支えない規模の人数を率いていた。

ダスティンはシステム稼働直後は大統領府を拠点として籠城《ろうじょう》し、避難民を受け入れて暴徒と化した人間たちから守っていた。

魔物が出現して以降は暴徒が少なくなっていったこともあり、徐々に勢力圏を広げていき、ある程度の秩序を取り戻していった。

食料が乏しいがために暴徒と化していた者たちだが、魔物の出現によって人間同士で争っている場合ではなくなっていったのだ。

同時に、倒した魔物の肉でよそから奪わなくとも食いつなぐことができるようになったため、争いが沈静化していったのは皮肉なことであった。

もちろん、そこに至るまでに多くの人間が暴徒によって、また魔物によって命を落としていた。

その犠牲者の中にはもちろんゴブも含まれる。

身内に死者が出ているアリエルとしては、理不尽な八つ当たりだと理解しつつも、ダスティンがもっと早く治安を回復させていれば、と思わずにはいられない。

ゴブが死んだのは魔物が発生した直後のことであり、ダスティンが治安の回復を進められたのはそのさらに後のことなので、どうあっても間に合わなかったのはわかっている。

しかし、頭でわかっていても感情は別だ。

ダスティンの能力は認めつつも、どうしても気にくわないと思ってしまうのは、そういった積み重ねを経てのことだった。

とはいえ、システム稼働直後のアリエルはダスティンに対して確執は抱いていなかった。

それどころか、短い間とは言え大統領府でかくまってもらったことから恩を感じていたほどだ。

「クラがダスティンに協力していたのは、そういうこともあってなんだよねー」

初代勇者であるクラとダスティンは協力関係にあった。

組織としての力でダスティンがクラをサポートする。

それは後の時代の神言教と勇者の関係に似ている。

むしろ初代勇者とのこの関係が神言教と勇者の関係性のひな型になったと言っていい。

圧倒的な個の戦力を広告塔にして、それをバックアップする体制がこの時からできあがりつつあった。

「んー？」

そこまで聞いてソフィアは首をかしげた。

「クラさんって、さっきのゴブさんの話を聞く限り最初は戦えなかったんですよね？」

クラが戦えるのであればゴブがその身を賭《と》してアリエルたちを逃がす必要はなかったはずだ。

「……ゴブゴブが犠牲になったからこそ、だよ」

ゴブが身を挺したことでアリエルたちは難を逃れることができた。

しかし、その後安全な旅ができたわけではない。

最初の魔物の出現の混乱で、戦えるメンバーとはぐれてしまったアリエルたちの行程は苦難の連続だった。

　魔物はいたるところに出現していたからだ。

ゴブのおかげでやり過ごすことができたのは、あくまでも第一波に過ぎなかった。

その後もことあるごとに魔物に襲われることになったのだ。

そして、それを退けたのは、クラだった。

「初代魔王であるフォドゥーイのことも話したし、初代勇者であるクラのことも話そうか」

そうしてアリエルは初代勇者のことを語りだした。

クラ

初代勇者クラの名や功績は後世にほとんど伝わっていない。

システム稼働直後の混乱期で、それまでの国などの自治体が崩壊し、記録を残す余裕もなかった。

さらに、ダスティンが後の世で不都合な真実を闇《やみ》に葬るように、各地に残る伝承などを意図的に抹消したため、混乱期の記録はほとんど残らなかった。

混乱期を抜けて復興した世界において、人類の過ちによって世界が崩壊しかけ、その尻拭《しりぬぐ》いを女神サリエルにしてもらおうと生贄《いけにえ》に捧《ささ》げようとした、などという真実は忘れ去られたほうがよかった。

少なくともダスティンにとっては、民草の心に影を落としてしまう真実などいらなかった。

それによって後世に残ったのは、初代勇者が強大な初代魔王を討ち滅ぼした、という程度のことのみ。

初代勇者の人柄や戦闘方法、初代魔王と戦うことになった経緯などは語られず、ただその存在が確かにいたということだけが語り継がれる。

それとて、代々の勇者がいたからこそ、初代の勇者もいたのだと人々に認識されているだけ。

初代勇者クラの名を、その業績を知る者はアリエルとダスティン、ギュリエの三者くらいしか残されていなかった。

ポティマスはその当時雲隠れしていて世俗からは離れていたため、クラのことは知らなかった。たとえ知っていたとしてもポティマスの興味は自身が不老不死になれる方法のみであり、それとは無関係なクラのことなど意識することはなかったであろうが。

そんなほとんどの人間に忘れ去られてしまった初代勇者クラ。

しかし、初代魔王フォドゥーイが歴代最悪の被害を出した魔王だったのと同様に、彼を討ち滅ぼしたクラもまた、初代にして歴代勇者最強の力を持っていた。

システム稼働前は戦いとは無縁の生活を送っていたクラ。

彼が歴代最強の勇者に至るまでにどのような道を歩んだのか。

当時の人々は不殺の勇者のことを「おのれの正義を貫く気高き勇者」ともてはやした。

しかし、クラ本人の胸中はそんな高尚なものではなかった。

彼はただただ中途半端に、その場その場で対応していただけ。

そんな自分自身を嫌悪しながら、それでもやらないよりはましだと、嫌々ながら、鬱々《うつうつ》としながら、戦いに身を投じていた。


システム稼働前のクラがどういった人物であったかと言えば、よく言えば大人びた、悪く言えば冷めた青年であった。

優秀な、あるいは優秀すぎる他の孤児院の面々に囲まれていたためか、自己評価がやや低く、何事においても見切りをつけるのが早い傾向にあった。

身体能力は常人よりもやや上で、学校などならば運動神経のいいクラスカースト上位と並べるくらい。

しかし、超人と言っていい後の獣王を始めとしたキメラである孤児院の面々の中では特段目立つほどでもない。

頭脳にしても後にエルロー大迷宮を築き上げたダンジョンマスターにして初代怠惰の支配者が突出していたこともあり、誇れるほどではないと思っていた。

そもそも学校に通っていなかった孤児院の面々の学習は院長やサリエルからの指導と自主学習に頼っていたこともあり、外の世界との比較ができていなかったことから自分たちがどのくらいなのか知る術がなかった。

実際のクラの成績は、彼がもし学校に通っていたとしたらやはりクラスカースト上位に食い込めるくらいには高かった。

しかしそれも人外じみたものではない。

相対性理論を諳《そら》んじられるダンジョンマスターとは比ぶべくもない。

世間一般から見れば十分優秀と言っていい能力を有しながら、比較対象が悪すぎてクラは自己評価が低くなってしまっていた。

それゆえか、あるいは生来の気質ゆえか、クラはほどほどで満足する人間だった。

ほどほどの仕事について、ほどほどの給料をもらい、ほどほどの人生を歩む。

あるいはそれは自分自身に早々に見切りをつけてしまっていたが故の選択だったのかもしれない。

クラは自分自身に期待していなかった。

そんな冷めた一面を持つ彼だからして、やはり他人に対しても期待はせず、踏み込んだ人間関係を構築しようとはしなかった。

ほどほどの距離感を保ち、知人以上友人以下という交流しかしなかった。

家族である孤児院の面々にはそれなりに心を砕くが、あくまでそれなりだ。

ゴブのように命を張るほどの熱は持ち合わせていなかった。

いなかった、と、思っていた。


(なんで俺はこんな体張ってるんだろうな⁉)

クラは魔物と戦っていた。

内心では悪態をつきながら。

命がけで魔物と戦うなんて、それまでろくに喧嘩《けんか》さえしたことがないクラには信じられないことだった。

その信じられないことをしている。

クラは自分で思っている以上に、孤児院の面々のことを大事にしていたのだと自覚した。

ゴブが飛び出していったとき、クラは自分にはまねできないと思った。

だというのに、ゴブがそのまま戻ってこなかった時、次は自分の番だと自然と考えていた。

残ったメンバーは非戦闘員。

その中でクラはもっともまともに動ける男だった。

純粋な運動神経という意味ではナタリーなどもクラに引けを取らないが、男ならばここは率先して立ち上がらなければならないところだろう。

気弱だと思っていたゴブが、自分よりも先に男を見せたのだ。

と、そこまで考えてクラは我ながら柄にもなく熱くなっているなと苦笑した。

けれど、最期くらいは柄じゃなくてもかっこつけるのも悪くないと、そう考えた。

そして、一団が魔物に襲われた時、クラは真っ先に魔物の前に躍り出た。

勝てるとは思っていなかった。

死を目前にして、しかしクラの心に恐怖はなかった。

クラはいろいろなことに見切りをつけるのが早い。

この時すでにクラは自身の命に見切りをつけていた。

クラの冷めた部分が、「もう自分は助からない」と囁《ささや》き、それを受け入れていた。

半面、別の部分が別のことを囁いていた。

(ここで俺が死んだら、残された面子はどうなる?)

残された面子の中で一番動ける男がクラだった。

ここでクラが倒れれば、遅かれ早かれ一団は全滅することになるだろう。

クラが命を張ったところで、少し先延ばしにできるだけでその結末は変えられない。

ゴブが命を賭したことも、無駄になる。

それは嫌だ、とクラは思ってしまった。

だから、傷だらけになっているにもかかわらず、諦《あきら》めずに戦っている。

いつもであれば早々に見切りをつけて諦めているだろう状況。

柄にもなくもがいた結果、クラは奇跡を手繰り寄せた。

あるいはそれはクラの意地が形となって、力となって発現した結果なのかもしれなかった。

クラは生まれつき目が見えず、それだけにとどまらずその目には見た者を不調にしてしまう邪視のような力が備わっていた。

そのためクラは普段からアイマスクで目を隠していたのだが、魔物との戦いの最中にそのアイマスクが外れていた。

そして、生来備わっていた邪視の力はスキルという形ではっきりと力を持った。

呪《のろ》いの邪眼として。

後に七美徳スキルの一つ、忍耐を獲得することになるクラ。

後の世では忍耐の支配者には邪眼系スキルの開放が特典として付与されているが、忍耐のスキルを獲得したクラがもともと邪眼を有していたから、後付けで特典として追加されたというのが真相だった。

呪いの邪眼によって衰弱した魔物を、クラはさらにたまたま持っていたワイヤーで首を絞めて絞殺した。

旅の最中何かの役に立つかもしれないと持っていたワイヤー。

ワイヤーなのは、編み物を趣味にしていてなじみのある糸に近かったからだった。

そしてなじみのあるものに近しかったからか、クラはこの時に操糸のスキルを獲得した。

呪いの邪眼と、操糸。

二つのスキルを得たことにより、クラは戦闘能力を獲得した。

実はこの時代の人間は、まだ転生を経験しておらず魂がまっさらの状態で、その分転生を繰り返し魂を摩耗させてしまった現代人よりもスキルやステータスへの親和性が高かった。

つまり、現代人よりもスキルを得やすく、ステータスも伸びやすかった。

魔物の撃退に一度でも成功すれば、その魔物に対抗できる力を得られるくらいに。

その一度が困難であったのだが、クラはやり遂げた。

そしてこれを皮切りに、クラは襲い来る魔物をすべて返り討ちにし、孤児院の面々を守り続けた。

それは旅の終点、故郷とも言える孤児院に帰り着くまで続いた。


帰り着いた孤児院は酷《ひど》く荒れていた。

建物自体はそのまま残っていたものの、中は荒らされており物が減ったり壊されたりしていた。

けっして短くない期間空けていたのだからそれはしょうがないことだった。

システム稼働後の世界は無法と化しており、窃盗は当たり前のように行われていた。

クラたちとて、途中で立ち寄った店舗から物資を調達している。

そうしなければ生きていけない状況だった。

誰《だれ》もいなかった孤児院から物が盗まれていてもしょうがないことだった。

そうとわかっていても、悲しい気持ちになってしまうのは抑えがたい。

長年過ごし、命がけの旅を経てようやく帰り着いた実家が荒れていれば泣きたくもなる。

それと同時に、ようやく帰ってこれたという安堵《あんど》と喜びの気持ちもあり、実際に涙を流す者も少なくなかった。

クラも涙こそ流さなかったものの、こみ上げるものがあった。

戦う力を得たクラだったが、それでも旅路はつらいことの連続だった。

魔物に襲われることもあれば、人に襲われることもあった。

この頃《ころ》になると人々はある程度のコミュニティを形成し始めていた。

人一人では生きていくのは難しく、徒党を組むのは自然なことだ。

ただ、集まった人種によってコミュニティの性質は千差万別だった。

山賊のように他のコミュニティから奪うコミュニティ。

旅人のように物資を求めて移動を続けるコミュニティ。

一所を拠点として専守防衛に努めるコミュニティ。

クラたちは旅の最中様々なコミュニティと接触した。

時には助け合い、時には助けられ、時には助け、時には拒絶され、時には敵対した。

普通に暮らしているだけでは見られなかっただろう、人間の善性と悪性、その両方を見てきた。

人間はこんなにも気高く優しくなれるのかと感動させられたこともあるが、逆に人間はこんなにも残虐に醜悪になれるのかと絶句した場面もあった。

いい思い出もできたが、それ以上に悲しい思い出、苦しい思い出が増えた。

その最たるものが、ゴブと、そして院長の死だった。

孤児院にたどり着くことはできたが、クラは残ったメンバー全員を守り切ることは、できなかった。

院長の死因は、特殊な治療魔法の使いすぎだった。

そのスキルの名は、慈悲。

七美徳スキルの一つにして、唯一の死者蘇生《そせい》スキル。

旅の途中で通常の治療魔法を覚えた院長は、それを使ってできうる限り人々を救っていた。

普段はさばさばしていて肝っ玉母さんのような院長だが、サリエルが孤児院の院長に指名するくらい慈悲深く、また差別意識のない人だった。

そして、自身のことよりも他人のことを優先する人でもあった。

「あたしはこんな腹してるからね。蓄えはたんまりあんだからあんたたちが食べな」

食料が不足している時はそう言って孤児たちに自分の分を分け与えていた。

ふくよかだった体形は旅の最中でずいぶんとしぼみ、慈悲のスキルを覚えてからはさらに顕著にやせ細っていった。

院長の慈悲のおかげで救われた場面もあったし、それで救われた命があった。

しかし、死者を蘇《よみがえ》らせるという奇跡の代償は重かったのだ。

最期はとあるコミュニティと協力して強大な魔物を退けた時。

その魔物を倒すことには成功したものの、多数の死者を出してしまった。

院長はその死者をすべて蘇生させ、その代わりのように息を引き取った。

途中から明らかに無理をしているとわかる様子で、コミュニティの人間にも止められていたのだが、それでも彼女はやり切った。

「老い先短いババアの命で助かるんなら、安いもんさ」

そう言って壮絶な笑みを浮かべながら、院長はやり遂げ、最後の一人を蘇生させるや否や倒れ、そのまま……。

それが彼女の最期の言葉となった。

クラにとって院長はサリエルと並んで母親代わりの人だった。

クラはどうすれば院長を救えたのか、考えた。

考えたが、彼女を救えるイメージが全く見えなかった。

院長はその身を削り続けただろうことが容易に想像できた。

クラがいくらうまく立ち回ろうとも、行く先々で不幸が待ち受けていたのだから。

クラが守れるのはせいぜい孤児院の面々だけで、それ以外は手に余る。

そして、クラの手から零《こぼ》れ落ちた人々にまで救いの手を差し伸べるのが院長だ。

その在り方をクラには曲げられる気がしなかったし、曲げてはいけないとも思っていた。

その芯《しん》の強さこそが院長の魅力であり、そんな人だからこそクラは尊敬していた。

それでも……。

「俺は、あなたに生きていてほしかった……」

サリエルしかり、院長しかり。

クラの思う立派な人ほど、その信念に殉じてしまう。

残されるのはいつだって、クラのように信念に殉じることもできない凡人なのだ。

そして、信念に殉じた人の残響は、世界に大きな影響をもたらす。

院長に救われた人たちは彼女だけでなく孤児院の面々にも感謝の気持ちを抱く。

そしてそれが人づてに伝わり、いつしか伝言ゲームのように徐々に形を変えていろいろな人の元まで届いた。

すなわち、孤児院の面々が人を救済しながら旅を続けている、と。

それは間違いではない。

院長だけでなく、クラも手を貸せる範囲で人々を助けていた。

クラの場合あくまでもできる範囲でしか行動していなかったが、誰もかれも余裕のない混乱期においで、それだけでも人々からすれば救世主のように見えていた。

院長の活躍に後押しされて知名度が増し、本人の望まないところで英雄扱いをされていた。

旅路の最中、院長亡き後もその噂《うわさ》を聞き付け、クラたちに助けを求める人々は多かった。

クラもそれに手を差し伸べ続けてしまったのもいけなかったのかもしれない。

クラがその手を振り払うことで、院長の名声を傷つけてしまうのが怖かったのだ。

快く引き受けていたというよりは、仕方なく引き受けていた面が強かった。

しかし、クラの内心がどうであれ、救われた側からしてみれば救ってもらったという結果に変わりはない。

どちらにせよクラは彼らから見れば英雄だった。

そして、クラと同じように思っていたナタリーが院長の後を継ぐように治療師として立ちまわり始めると、クラは勇者扱いされ、ナタリーは聖女扱いされるようになっていった。

旅路の最中に得てしまったその名声は、旅が終わってもかげることはなく、孤児院にはたびたびクラを頼る人々が押し寄せた。

クラはその要請を断らなかった。

それは孤児院を守るためだった。

クラの名声が高まれば、孤児院に手を出す人間が減ると思ったからだ。

キメラへの偏見はあったし、サリエルの関係者である孤児院の面々に逆恨みのような思いを抱いている人間もいた。

理屈が通っていなくとも、自身の不幸を誰かのせいにして攻撃材料にしたがる人間はどこにでもいる。

世界がこうなってしまったのは、サリエルが黙って生贄《いけにえ》にならなかったからだと言う人間もいた。

それはサリエルのせいではないし、ましてや孤児院の面々には何の関係もなくても、だ。

クラが活躍することで、そういった負の感情を向けられないようにしようと試みた。

活躍したらしたで別の理由を持ち出して攻撃してくる輩《やから》はいるが、人々に恩を売れば下手《へた》にちょっかいをかけるのは難しくなる。

院長やサリエルの名声を守るため、そして孤児院を守るため。

そういった打算的な考えから、クラは戦うことを決めた。

それは勇者というにはあまりにも俗物すぎるため、クラ自身はなんちゃって勇者だな、と思っていた。

クラ自身はそう思っていても、救われた側からすれば彼は本物の勇者だということに、自嘲《じちょう》しているクラが思い至ることはなかった。


そして、魔王との戦いが始まる。


勢力を拡大し続けるフォドゥーイ率いる吸血鬼軍。

ダスティンはこのままでは人間軍は吸血鬼軍に敗北してしまうことを予感した。

いくら吸血鬼軍の数を減らそうと、人間軍の犠牲者のうちの何割かがそのまま新たな吸血鬼軍として補給されてしまう。

人間軍は減る一方であるのに、吸血鬼軍は減らず、それどころか増えていく。

未《いま》だコミュニティ単位で分散しておりまとまりがとれない人間軍に対し、吸血鬼軍はフォドゥーイというただ一人の魔王によって強固に統率されている。

吸血鬼にされた人々は自由意思を剥奪《はくだつ》され、フォドゥーイに操られているだけに過ぎない。

吸血鬼軍は群れでありながら、フォドゥーイ個人の手足でしかなかった。

個でありながら軍であるフォドゥーイに対し、コミュニティ単位では抵抗できるはずもなく、人々は次々に吸血鬼の波に飲まれていった。

ダスティンはその手腕でもってコミュニティを次々と傘下に加え、何とか吸血鬼軍に抵抗できる程度の人数を集めた。

しかし、あくまで抵抗できるだけで、吸血鬼軍を打ち破れるほどではない。

時間が経《た》てば経つほど状況は悪化していき、いつかは食い破られるのが見て取れた。

この状況を打破するには、敵の首魁《しゅかい》であるフォドゥーイを討つしかない。

フォドゥーイが生きている限り、吸血鬼軍は減らしたところで時間をかければ復活する。

敵陣を突破し、フォドゥーイを倒せる突出した戦力がいる。

そこで白羽の矢が立ったのが、クラだった。


ダスティンに請われてフォドゥーイの討伐に力を貸すことになったクラ。

作戦はいたってシンプルで、ダスティンが率いる人間軍が吸血鬼軍を抑えている間に、クラがフォドゥーイを討ち取るというものだった。

スキルやステータスなどで個人の力が大きな割合を占める戦場において、下手にこった作戦を立てるほうが危険だと判断されたためだった。

作戦を立案するにしても、まだこの時期はスキルは未知数なもので、どこまでやれるのかというデータが不足していたというのもある。

発現するスキルは個々人で違い、連携するにしても元は一般人だった人がほとんどで、軍隊のように統率された動きをすることが難しかった。

結局のところ各々で全力を尽くしたほうが効果的だったのだ。

烏合の衆と言うことなかれ。

彼らはそれでもシステム稼働直後の混乱期を生き延びた猛者《もさ》なのだ。

スキルやステータスが現代よりも上昇しやすい時代だったこともあり、一人一人が現代の英雄クラスの力を持っていた。

しかし、それは相手の吸血鬼軍にも同じことが言えた。

元は人間軍にいた吸血鬼も多く、そうでなくとも戦いのうちに成長していた。

操られているためにその動きは悪いが、それも吸血鬼になった際に種族的な力を得たことでトントンといったところ。

つまり、個々の戦力は差があまりない。

数で劣る人間軍が吸血鬼軍に勝つには、大将同士の戦いでフォドゥーイを打倒するしかなかった。

だが、それもまた、困難だった。

クラとフォドゥーイの戦いは、激闘であり、まさに死闘と呼ぶにふさわしかった。

孤児院に帰るための旅路や、その後の勇者行脚で力を増したクラ。

その実力は歴代勇者最強。

しかも二位に大きな差をつけており、歴代の他の勇者が束になっても勝てるかどうかという、隔絶した力を持っていた。

その力は現代の神話級最上位の魔物であるクイーンタラテクトや古龍の長たちさえ上回る。

システム稼働直後の混乱期という、歴史の中で最も過酷な時期を、戦って戦って戦い続けたがゆえに得た力だった。

その歴代最強の勇者と互角以上に戦うフォドゥーイ。

純粋なカタログスペックだけで言えば、フォドゥーイは最盛期のアリエルと互角に近い。

そのからくりは彼が持つ傲慢《ごうまん》のスキルによる。

傲慢のスキルの効果は成長率の大幅強化。

スキルやステータスの成長を早める効果だ。

この傲慢のスキルの効果により、フォドゥーイは急激に力を身につけた。

不殺を貫いていたクラと違い、フォドゥーイは歴代魔王最悪の被害を出している。

当然その手で葬った人間の数も最多である。

そして、倒した際の経験値の量は魔物よりも人間のほうが多い。

こうして効率的に経験値を得た結果、フォドゥーイの力はアリエルに次ぐ歴代二位となっていた。

そのフォドゥーイに曲がりなりにもクラが張り合えていたのは、フォドゥーイが自身の力を半分程度しか引き出せていなかったからだった。

フォドゥーイはもともと老齢であり、体力は衰えていた。

吸血鬼となり、さらにシステムのステータスによって補正されようと、元の肉体の衰えの影響を完全に排することはできない。

単純な肉体的な衰えだけでなく、老いによって新しいことを身につけにくい面もあった。

スキルなどを覚えても、それを十全に生かすことができていなかったのだ。

もともとフォドゥーイは剣よりもペンの人間で、荒事とは無縁だったのもあり、戦闘勘が鈍い。

カタログスペックがいくら高かろうと、それを動かすハードが戦闘に向いていなかったのだ。

フォドゥーイ自身もそれは自覚しており、吸血鬼の群れで圧殺するという手法を用いたのも、それが最も効率のいい人類の減らし方だったというのもあるが、自分が矢面に立って戦わないで済むようにと練られた作戦でもあった。

しかし、それはフォドゥーイから実戦経験を積む場を奪う結果にもつながった。

フォドゥーイは瀕死《ひんし》の相手にとどめを刺すか、はるか格下を相手にするかしかしてこず、これまで互角以上の相手と戦闘したことがなかった。

つまり、クラとの戦いが魔王フォドゥーイの最初で最後の真剣勝負だったのだ。


クラの戦法はいたってシンプルだ。

邪眼で弱らせ、糸で拘束、ないし絞殺か斬殺する。

相手が人であれば拘束し、魔物であれば殺す。

手の指と同じ数だけ伸ばした糸を縦横無尽に操り、敵を的確に追い詰めていく。

糸の動きに対応できる者はそういない。

クラは目が見えない代わりに、気配察知の精度が格段に高かった。

三百六十度全方位をまるで見えているかのように把握し、糸で攻撃することができる。

背後に回ろうが死角に隠れようがクラからは逃れられない。

対するフォドゥーイの戦い方は、自身の体を霧に変えて相手の攻撃をやり過ごし、頃合いを見て相手の死角で体を元に戻しての奇襲を基本とする。

吸血鬼由来の体を霧に変えるその能力は極めて凶悪だ。

霧になっている際はほぼ攻撃が無効化される。

相手の攻撃は食らわず、しかし自身はいつでも好きなタイミングで元に戻り、攻撃を加えることができる。

ほとんどの相手はこれだけで為《な》すすべなく倒されてきた。

しかし、クラにこの手は通用しない。

奇襲を加えようにもクラの気配察知は常にフォドゥーイの居場所を捕捉《ほそく》しており、隙をさらさない。

それだけでなく、クラの邪眼は霧化したフォドゥーイにもダメージを与えることができた。

スペックではフォドゥーイのほうが圧倒的に高かったのだが、相性差がクラに味方していた。

フォドゥーイはあの手この手でクラを攻め立てたが、そのどれも決定打になることはなかった。

傲慢によって獲得した数々のスキル。

実戦で投入されることがなく、埃《ほこり》をかぶっていたそれらのスキルを引っ張り出してぶつけても、クラには微々たるダメージしか与えられなかった。

優れた気配察知によって攻撃を避けるだけでなく、直撃したとしても耐えていたのだ。

クラは忍耐というスキルを獲得していた。

七美徳スキルの一つである忍耐、その称号効果は耐性スキルの成長促進。

傲慢の効果には遠く及ばないが、クラのこれまで歩んできた戦歴がそれを覆す。

耐性系スキルにおいては、クラはフォドゥーイを圧倒していた。

その豊富な耐性スキルでフォドゥーイの猛攻を耐えしのぎ続け、その時間の分だけ邪眼を叩《たた》きこんだ。

神話級戦力二人の衝突は、はたから見れば神話のごとき様相だった。

戦闘の余波だけで地形が変わる戦いに、誰《だれ》も割り込むことなどできなかった。

そんな派手な見た目に反し、二人の戦いは泥沼の削りあいだった。

クラの邪眼がフォドゥーイを削りきるか、フォドゥーイが猛攻で押し切るか。

先に力尽きたのは、フォドゥーイのほうだった。

いくら多彩なスキルを有していようと、それを十全に使いこなせなければ意味がない。

戦い慣れていないフォドゥーイでは画一的な動きしかできず、こうすればいいというイメージは頭の中にあったとしても、それに体がついて来れなかった。

そして霧化していてもクラの邪眼は防げず、霧化を解いた一瞬の隙に糸を叩きこまれることも少なくなかった。

戦闘経験の差が、スペック差を覆した。

フォドゥーイにもう少し戦闘勘が備わっていれば、相性差があろうともスペック差で押し切ることができただろう。

フォドゥーイは自身が戦闘に向いていないことを自覚しており、それ故に被弾をなるべく避けるような立ち回りを意識していた。

霧化もあってこれまではそれでうまくいっていたが、クラに対してはむしろ防御を捨てて攻勢に出たほうが勝率は高かったはずだった。

フォドゥーイは自身の生命力が残りわずかなことを察し、最後に博打《ばくち》としてすべての防御を捨てて渾身《こんしん》の一撃を見舞うべきかと思案した。

そして、やめた。

ここで賭《か》けに勝って勝利できれば、フォドゥーイを阻める者はなくなるだろう。

しかし、人類を殺し尽くすことはできないと悟っていた。

フォドゥーイは自身の限界を悟っていた。

傲慢のスキルはスキル保持者の魂の容量など無視して、経験値を無理やり詰め込んでくるスキルだ。

フォドゥーイの魂はすでに限界いっぱいいっぱいだった。

これ以上経験値を稼げば、魂が破裂してしまう。

そんな状態になっており、たとえクラに勝てたとしても、遠からずフォドゥーイは死ぬことになる。

それも、ただの死ではなく、魂の消滅という形で。

ならば、サリエルの孤児院出身者が立ちはだかったことを鑑みて、ここで止まっておくのが正解のように感じられた。

「クラくん、だったかな？　君は不殺を貫いていると風の噂《うわさ》で聞いた。私のこれは自殺だ。だから、君が私の死を背負う必要はない。我が身我が魂、その一片まですべて、この世界の礎に捧《ささ》げよう」

最期にそう言って、フォドゥーイの体は灰になって消えた。

フォドゥーイは宣言通りに捧げたのだ。

その魂を純粋なエネルギーに変換し、システムへと。

すべてはサリエルのため、世界のために。

こうして、初代勇者と初代魔王の激闘は幕を閉じた。


クラは控えていたナタリーに治療してもらい、休憩もそこそこに帰路についた。

クラも満身創痍《まんしんそうい》ではあった。

もし仮にフォドゥーイが最後に防御を捨てて渾身の力で攻勢に出ていた場合、クラもただでは済まなかった。

だがそれでも、忍耐の効果によって耐えきれた公算が高い。

そんな計算ができるくらいには、激闘の中でも頭は冷えていた。

ただ、フォドゥーイの最期の言葉は別の意味でクラの頭を冷やした。

フォドゥーイは自身の死を背負う必要はないと言った。

まるで、誰かの死を背負うのが嫌で不殺を貫いていたクラの内心を見抜いていたかのように。

クラは信念に基づいて不殺を貫いているわけではなかった。

ただ、誰かの死を背負いたくなかっただけだ。

これまで流されるようにして戦う道に進んでしまったクラに、誰かの死を背負うほどの覚悟はなかった。

だからどんな悪人であろうとも、拘束だけしてその命を奪うことはしなかった。

無力化して被害者の家族に差し出したこともあるし、拘束したままでその場に放置したこともある。

どちらにしても今頃生きてはいないだろう。

被害者の家族は加害者を許しはしないだろうし、魔物が徘徊《はいかい》するこんな世界で身動きができないまま放置すれば餌になるのは目に見えている。

直接手にかけていないだけで、殺しているのと同じようなものだ。

フォドゥーイにしても同じ。

フォドゥーイは自殺だと言ったが、クラが殺したようなものだ。

クラは人の死など背負いたくない。

されど、その背にはすでに幾人もの死がのしかかっていた。

その重さに潰《つぶ》れそうになる。

クラは足早に孤児院に向かい、その扉を開いた。

「おかえり」

クラは知っていた。

そこに、自分たちの帰りを待っていてくれる人がいることを。

「……ただいま」

クラは出迎えてくれたアリエルにぎこちない笑みを浮かべながら返す。

そして、車椅子に座るアリエルの前にひざまずき、その膝《ひざ》に頭を乗せた。

「……俺、頑張った」

「うん。よしよし」

アリエルに頭を撫《な》でられる。

泣き出したかった気持ちがそれでほぐれる。

ここに帰ってこれるから、クラは戦える。

ここに帰ってくるために、戦う。

偉大なる初代勇者の戦う理由は、ただそれだけだった。

アリエル、未来をかく語りき

「クラはねー、繊細で優しすぎたんだよ。口ではもうやだー、つらいー、戦いたくなーい、って言いつつもさ、なんだかんだ頼られたら断れないの。何ていうか変に責任感が強かったんだよねー。内心やめたくてやめたくてしょうがない癖に戦っててさ。で、やめたがってる自分自身に自己嫌悪してんの。俺みたいな中途半端な気持ちで戦ってるやつがー、って。私から言わせるとそんなごりっごりの信念抱えて戦ってるやつのほうが少ないと思うんだけどねー。大事なのは気持ちよりも結果だよ。その点、クラの出した結果は勇者という称号に恥じないものだった。ていうか、歴代勇者の中で一番の偉業じゃない？　ガチの人類滅亡の危機を防いだんだからさ」

アリエルの話を聞いて、ソフィアとラースは微妙な気持ちになった。

初代勇者のイメージが思っていたのと違ったのもあるし、そんな初代勇者が目の前にいるアリエルに甘えていたというのも、二人が微妙な気持ちになる原因だった。

「……アリエルさんとクラさんってさ、もしかしなくてもできてたの？」

そしてソフィアは気になったことを問いただした。

アリエルがクラについて話す様は、のろけ話に近い空気だったからだ。

「内緒。ご想像にお任せしますってやつかな。クラの偉業や為人《ひととなり》なんかは知っておいてほしいけど、私の胸の内に秘めておきたい思い出もあるしね」

それは答えを言っているようなものではないだろうか？

ソフィアとラースはそう思ったが、口にはしなかった。

ラースはもちろんのこと、ソフィアだってそれくらいの空気は読める。

「ここでクラの帰りを待つのが私の仕事だった」

アリエルはそう言って室内を見回す。

アリエルたちがいるのは、かつての孤児院だ。

建物自体は経年劣化で何度か改装や建て替えを行っており、当時のままというわけではない。

しかし、その場所が特別だというのに変わりはなかった。

「でもさ、待ちすぎちゃったかなって思うんだ」

アリエルはずっとこの孤児院で待ち続けた。

クラの死後も、世界が救われ、サリエルが帰ってくるのを。

この孤児院でずっと。

しかし、その時はついぞ来ず、自身の死期を悟ったアリエルは孤児院で待つことを諦《あきら》め、自らがサリエルを迎えに行くために行動を起こした。

「帰る家を守るのは大事だけど、あんまり帰りが遅かったら迎えに行くのも大事だなって」

だからね、とアリエルは続ける。

「今度は私が迎えに行こうかなって。もうここには帰ってこれないから。来世のどっかで会えるように」

アリエルの死期は近い。

だから、来世で孤児院の面々を探しに行くんだと、語る。

来世でアリエルが今世の記憶を保っていることは、まずない。

だから探すという目的自体を覚えていないだろう。

そもそも、孤児院の面々の多くは、その魂を死の直前に捧げてしまっている。

フォドゥーイと同じように。

つまり、その魂は輪廻《りんね》の輪に乗らず、消え去ってしまっているはずだった。

それでも、どこかで生まれ変わっているかもしれないという淡い期待をアリエルは信じる。

「来世で会えなかったらその次。その次も駄目だったらまたその次。なに、今までさんざん待ちぼうけしてたんだ。それができるくらい私は気が長い。だから、いつか出会えるその時まで、私は諦めないよ」

そう言って、アリエルは穏やかに笑った。

キャラクター設定

Character settings

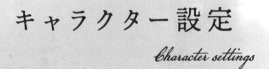

Name

クラ

Ability

邪視

Title

初代勇者
初代忍耐の支配者

視線の先の相手を衰弱させる邪視を生まれた時から備えている。ただし、本人はその代償なのか目が見えない。邪視の影響を抑えるために普段はアイマスクで両目を隠している。能力的には可もなく不可もなく、と本人は思っているが、世間一般で見れば十分優秀な部類。よく言えば大人びた、悪く言えば冷めた性格。出自や自身の能力を過小評価していることもあって、波風立たない平穏な人生を望んでいた。趣味は編み物。

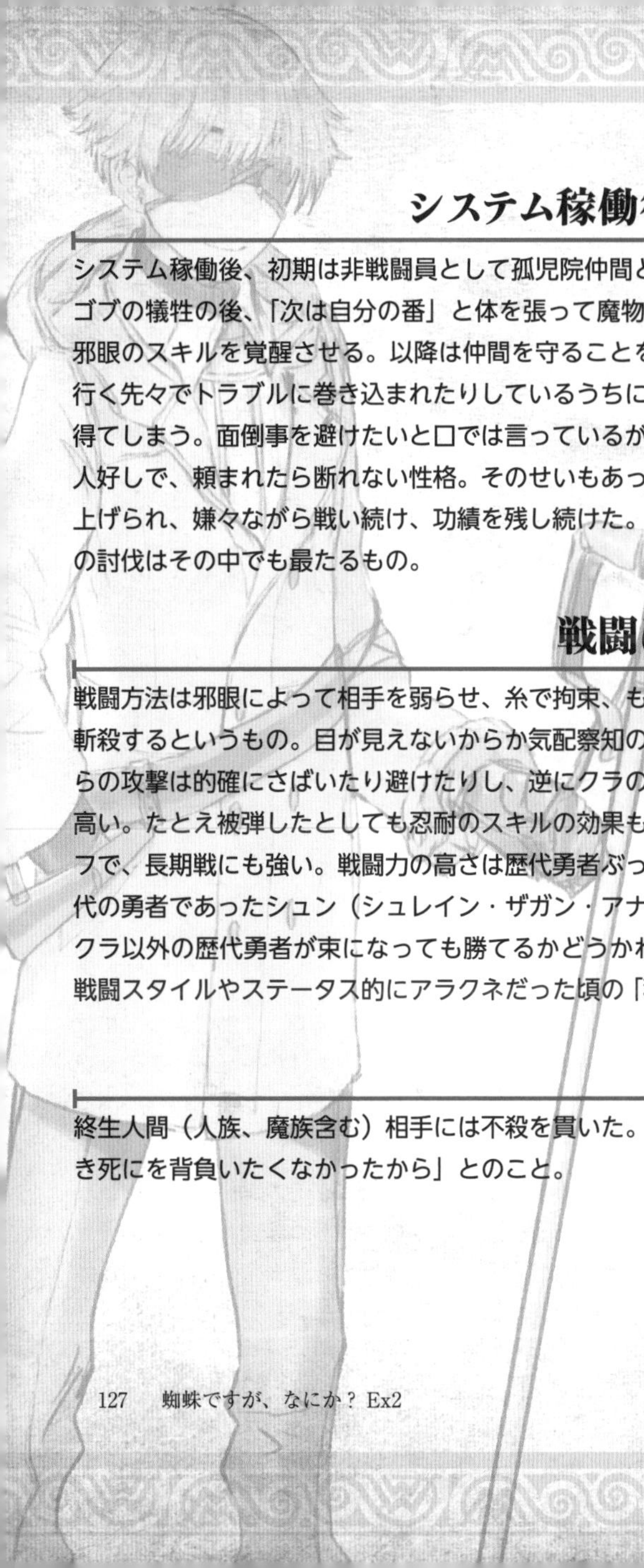

システム稼働後の動き

システム稼働後、初期は非戦闘員として孤児院仲間と行動を共にする。ゴブの犠牲の後、「次は自分の番」と体を張って魔物と対峙したことで邪眼のスキルを覚醒させる。以降は仲間を守ることを第一としつつも、行く先々でトラブルに巻き込まれたりしているうちに、意図せず名声を得てしまう。面倒事を避けたいと口では言っているが、なんだかんだお人好しで、頼まれたら断れない性格。そのせいもあって勇者として担ぎ上げられ、嫌々ながら戦い続け、功績を残し続けた。魔王フォドゥーイの討伐はその中でも最たるもの。

戦闘について

戦闘方法は邪眼によって相手を弱らせ、糸で拘束、もしくは絞殺ないし斬殺するというもの。目が見えないからか気配察知の精度が高く、敵からの攻撃は的確にさばいたり避けたりし、逆にクラの攻撃は命中精度が高い。たとえ被弾したとしても忍耐のスキルの効果も相まって非常にタフで、長期戦にも強い。戦闘力の高さは歴代勇者ぶっちぎりの一位。現代の勇者であったシュン（シュレイン・ザガン・アナレイト）を含めたクラ以外の歴代勇者が束になっても勝てるかどうかわからないレベル。戦闘スタイルやステータス的にアラクネだった頃の「私」にかなり近い。

その他

終生人間（人族、魔族含む）相手には不殺を貫いた。本人曰く「人の生き死にを背負いたくなかったから」とのこと。

Name
ゴブ
Ability
なし
Title
なし

すでに２０歳を超える年齢の青年だが、肌色が緑で、子供のように小柄で顔のつくりも童顔。植物の因子を強く埋め込まれたキメラ。そのせいで肌の色が緑色なのだが、光合成はできない。ポティマスが狙ったのは植物の寿命の長さなのだが、ゴブは反対に寿命が短く、失敗作扱いだった。通常の人間の平均寿命の半分ほども生きられないとわかっており、その運命を受け入れているせいか何に対しても諦め気味。自分の意見を言えない気弱さにもそれが表れている。その容姿と本人のやる気のなさで、就職はしておらず、内職で細々と稼いでいた。

システム稼働後の動き

システム稼働後は非戦闘員として孤児院の仲間たちと行動を共にしていた。魔物の発生と共に絶体絶命の危機に陥った際、寿命の短い自分が真っ先に犠牲になるべきだと、人生最初で最後の勇気を振り絞って魔物の群れに吶喊《とっかん》。多くの魔物を引きつけて孤児院の仲間たちが逃げ出す好機を作り出す。が、ゴブ本人は魔物の群れに追いつかれ、その命を落とした。この吶喊《とっかん》の前にアリエルから花の栞を受け取っている。ゴブリンに伝わる花のお守りの由来がこの時のやり取りと関連があるのかは不明。そもそもゴブリンとゴブには関連性はないはずなのだが……。

ゴブリンに伝わる花のお守り

ゴブリンは、厳しい自然環境と強力な魔物が多数生息する山脈に村を構えている。戦闘力の高い者が狩猟班として狩りに出るが、旅立った狩猟班のうち無事に戻ってこられるのは半数程度。危険だと理解した上で、彼らは村を生かすために死地に赴く。そんなゴブリンたちに、村に残るものたちはお守りがわりとして押し花を渡す。そこには「無事に帰ってきてください」という思いが込められている。その思いを胸に、彼らは命懸けの旅に出発し、戻ってくる。

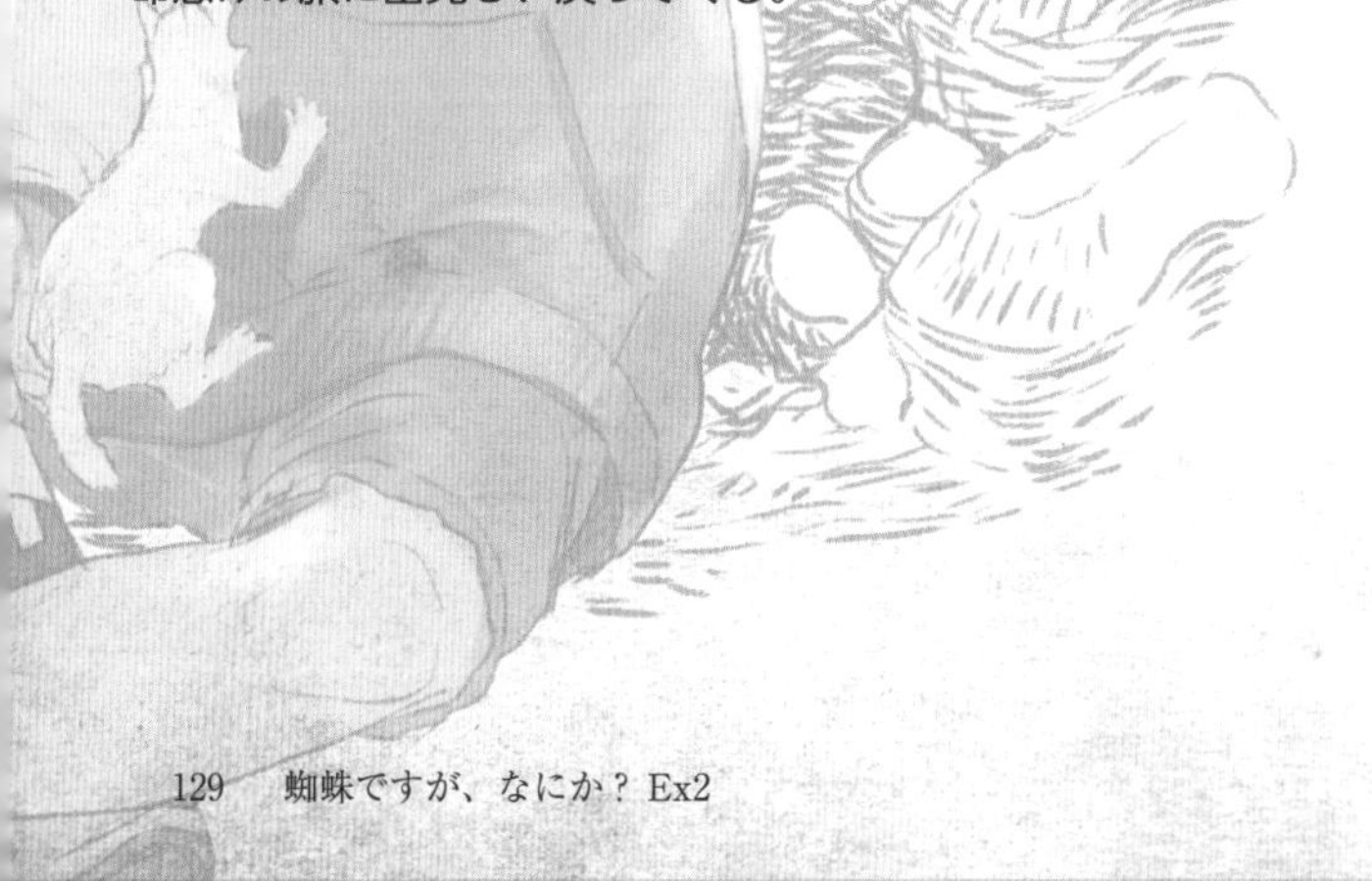

Name
ナタリー

Ability
なし

Title
初代聖女
初代救恤の支配者

見た目は普通の人間とほぼ変わらないが、唯一耳が少しだけ尖っている。エルフのプロトタイプと言えるキメラの少女。ナタリーのデータをもとに改良され、完成したのが後のエルフである。ナタリー本人の能力はほとんど普通の人間と変わらず、成長速度も普通。ただし、寿命がわずかに普通の人間よりも長い。性格はお転婆で気が強く、一度こうと決めたら我が道をまい進するタイプ。将来は医療従事者になることを夢見て勉強していた。ゴブに気があり、将来はゴブを尻に敷こうと外堀を埋めつつ画策していた。孤児院の他の面子はナタリーの気持ちを知っており、知らぬはゴブ本人だけという状態だった。ナタリーが医療の道に進もうと思ったのは、サリエルや院長に影響されたのもあるが、ゴブの寿命をどうにかできないかと考えたからでもある。

システム稼働後の動き

システム稼働後は非戦闘員として孤児院の仲間たちと行動を共にしていた。ゴブが犠牲になったことで毎晩泣いており、一時期不眠症となって体調を悪化させていた。しかし、ゴブが救ってくれたこの命を無駄にするわけにはいかないと徐々に立ち直り、院長の手伝いをはじめ、治療魔法の才能を開花させた。

聖女としての働き

院長亡き後はその後を継ぐかのように積極的にけが人や病人を治療し、聖女扱いされ始める。孤児院帰還後もその活動は継続し、クラと共に行動し、多くの人々を救った。クラと行動を共にしたのはその方が効率がよかったからというのもあるが、クラのことを引っ張ってでも孤児院に、アリエルの元に返さねばならないという使命感もあった。聖女としてちやほやされるのは、ゴブが守ってくれた自分の価値は高いんだという誇らしさと、反面、院長のように純粋な気持ちで活動しているわけじゃないという後ろめたさもあってかなり複雑な心境。

その他

クラと恋仲なんじゃという噂はぶっちゃけ迷惑している。

Name

フォドゥーイ

Ability

吸血鬼

Title

初代魔王
初代傲慢の支配者

財界の魔王と呼ばれ畏れられた財界の大重鎮。もともと大きな財閥の御曹司として生まれ、さらなる発展を望む家の意向通りに仕事をしていたら魔王だなんだと言われてしまった、ある意味哀れな人。本人はまじめに仕事をしていただけなのに……。そういったこともあってレールを敷かれた自分の人生、社会の歯車の一部に過ぎない自分自身に虚しさを感じており、同じように使命に縛られているサリエルに親近感を覚えている。同時に情緒の育っていないサリエルに対し、せめて自分の幸せくらい自分で選べるくらいの情緒を持ってほしいと願っていた。ギュリエをけしかけたのはそういった思いから。

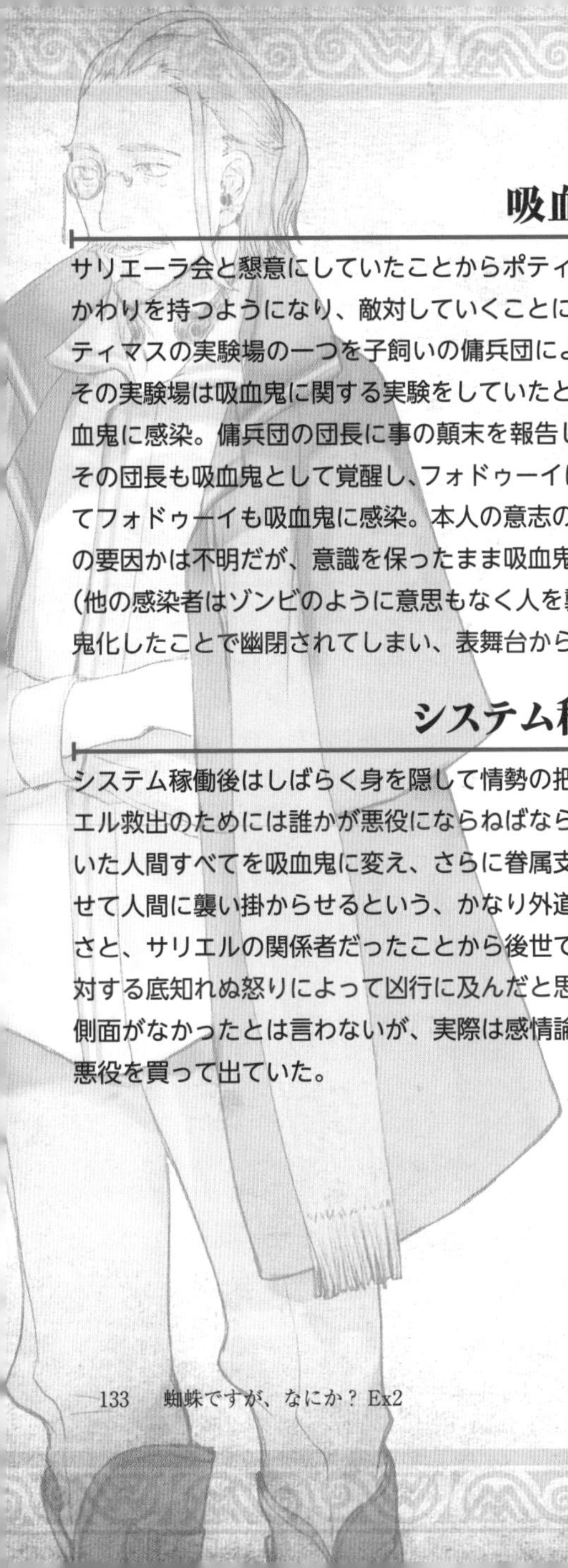

吸血鬼化の経緯

サリエーラ会と懇意にしていたことからポティマスの非道な実験ともかかわりを持つようになり、敵対していくことになる。その一環としてポティマスの実験場の一つを子飼いの傭兵団によって壊滅させたのだが、その実験場は吸血鬼に関する実験をしていたところであり、傭兵団が吸血鬼に感染。傭兵団の団長に事の顛末を報告してもらっている最中に、その団長も吸血鬼として覚醒し、フォドゥーイに噛みついた。これによってフォドゥーイも吸血鬼に感染。本人の意志の強さかあるいはそれ以外の要因かは不明だが、意識を保ったまま吸血鬼化した唯一の存在となる（他の感染者はゾンビのように意思もなく人を襲うだけの存在に）。吸血鬼化したことで幽閉されてしまい、表舞台からは消えることに。

システム稼働後の動き

システム稼働後はしばらく身を隠して情勢の把握に努めていたが、サリエル救出のためには誰かが悪役にならねばならぬと立ち上がる。目についた人間すべてを吸血鬼に変え、さらに眷属支配によって無理やり従わせて人間に襲い掛からせるという、かなり外道な戦法を敢行。その苛烈さと、サリエルの関係者だったことから後世ではフォドゥーイは人類に対する底知れぬ怒りによって凶行に及んだと思われている。そういった側面がなかったとは言わないが、実際は感情論抜きにして世界のために悪役を買って出ていた。

戦闘について

戦闘方法は吸血鬼由来の能力によるごり押し。元より一般人でしかも老齢とあって荒事には向いておらず、そうならざるをえなかった。スキル〈傲慢〉による成長速度上昇と数多くの人間を殺害した影響で、カタログスペックだけならばアリエルに匹敵する歴代魔王二位の実力を有していたが、実際にはスペックの半分も引き出せていなかった（それでもアリエルを抜かせば歴代魔王の中ではぶっちぎりの力を持っているが）。

魔王（と勇者）について

フォドゥーイが魔王と呼ばれるようになった経緯は、もともとの彼が財界の魔王と揶揄して呼ばれていたことに起因する。それと彼の引き起こした吸血鬼の氾濫、それに伴う戦いは人々の記憶に深く刻み込まれ、畏怖をもってフォドゥーイを真なる魔王と認識させた。クラとの戦いはまさに勇者と魔王のごとく。それを観戦していた管理者Dもまた、それを認めた。管理者Dはこの戦いを機に勇者と魔王という称号をシステムに追加し、初代勇者にクラを、初代魔王にフォドゥーイを認定した。代々にわたる勇者と魔王の戦いの始まりは、二人が勇者と魔王に任じられたから始まったのではなく、二人の戦いが勇者と魔王のごとき様相を呈していたがために後付けで認定されたものだった。

Name

ダスティン大統領

Ability

なし

Title

初代節制の支配者

ダズトルディア国最後の大統領。一連の騒動が起こる前は人気が高い大統領だったのだが、自国のＭＡエネルギー供給禁止などの政策で支持率が急落。その後もいろいろと言われたり、過激なところでは暗殺未遂にもあっているのだが、自身の考えを覆すことはなかった。龍の襲撃以降はＭＡエネルギーを禁止にしたのは英断だったと手のひら返しを食らうが、世界滅亡の危機で自身の評判など気にしていられる状況ではなかった。ポティマスからもたらされたサリエルを犠牲にして世界を再生させる術式を苦渋の決断で推進。そのこともあって以降、何を犠牲にしてでも人族を救わねばならないという信念に固執することになる。

MAエネルギー問題に伴う龍の襲撃について

ポティマスが発見し、世界に広げたＭＡエネルギー。その正体は星の生命力そのものであり、ＭＡエネルギーを使用すればするほど星は衰弱していき、やがては崩壊へと至るという危険極まりないものだった。龍は再三にわたり人間にＭＡエネルギーの使用中止の警告を発していたが、それが聞き入れられることはなかった。見切りをつけた龍は人間を滅ぼすべく襲撃をかけ、人間を守らんと立ち上がったサリエルとぶつかることになる。サリエルとの戦いで追い詰められた龍は星そのものに見切りをつけ、残っていたわずかなＭＡエネルギーを根こそぎ回収して星から去っていった。

システム稼働後の動き

システム稼働後は大統領府を中心に治安維持に努め、徐々に周辺を平定していき、コミュニティを拡大させていった。さらに周辺のコミュニティを取り込んでいき、勢力を拡大。ダズトルディア大陸の平和に多大な貢献を残した。

戦闘について

魔王フォドゥーイとの戦いではクラを支援。その後、獣王と女帝の討伐も成し遂げている。この際は同じ孤児院出身ということでクラには声をかけず、独自に動いて討伐している。戦法は統率や指揮などの軍団バフを用いており、本人の戦闘力はあってないようなもの。裏方がメインであり、純粋な戦闘力という意味では初代支配者の中で最弱と言ってよかった。ただし、その能力の最大の効果は記憶を保ったままの転生であり、のちのち神言教を立ち上げ、実質人族を支配していった手腕こそが彼の最大の力と言える。

Name
院長
Ability
なし
Title
初代慈悲の支配者

アリエルたちが身を寄せる孤児院の院長。キメラではなく、ただの人間。元はサリエーラ会系列の病院に勤めていた女医。キメラの体調を診られる医療知識があり、かつ子供の面倒を見られる性格と能力を兼ね備えた人物ということで白羽の矢が立ち、孤児院の院長に就任した。サリエルが見込んだだけあって人物的にも能力的にも傑物。性格は肝っ玉母さんを絵にかいたような人物。情に厚いが叱る時はしっかりと叱る。しかし、身体能力的には普通の人間であるため、キメラの孤児たちの相手は苦労したことも多く、実際それで彼女がけがをしたことも一度や二度ではない。しかし、そんな目にあってもまっすぐ自分たちにぶつかってきてくれる院長のことを、孤児たちはサリエルと並んで母と慕っていた。

システム稼働後の動き

システム稼働後は非戦闘員として孤児院の孤児たちと行動を共にしていた。行く先々で出会う怪我人や病人に手を差し伸べていたためか、早々に慈悲のスキルと治療魔法の才能に開花。慈悲のスキルで死者蘇生まで行い、自身の命を顧みることなく人々を治療し続け、最期は魂まで燃やし尽くして力尽きた。そこまでしたのはもともとの献身的な性格もあるが、それ以上にゴブを犠牲にしてしまったという後悔から。もう二度と後悔しないためにがむしゃらに力を振るい続けたことが原因。老い先短い自分の命で多くの人を救うことができたと、本人は満足して逝った。その生き様ゆえにクラやナタリーの後の人生に大きな影響を残した。

Name

獣王

Ability

怪力

Title

初代憤怒の支配者

見た目通り獣の因子を埋め込まれたキメラ。獣の因子と合わさってキメラの中でも身体能力は高い。性格は単純。深く物事を考えず、その時のノリや感情で突っ走るタイプ。孤児院きっての悪ガキでもあり、一時期は孤児院を家出して舎弟の家で寝泊まりしていたこともある。暴走族のリーダー的なことをしていた頃もあり、その頃は若干中二病も患っており、ポエマーだった。システム稼働前後では中二病は治って落ち着いている。見た目は完全に人外のそれだが、「そんなことは関係ねえ！」と、人間社会に突っ込んで元舎弟たちと共に土建屋で働いていた。

システム稼働後の動き

システム稼働直後は戦闘員として孤児院の仲間たちと行動を共にしていた。非戦闘員とはぐれてからは孤児院を目指して行動していたが、初代嫉妬の支配者を亡くしてから怒りに飲まれるようになる。初代嫉妬の支配者を殺害したコミュニティの人間を皆殺しにし、以降は徹底的に人間を信じることなく、少しでも敵意や悪意を感じれば躊躇なく相手を殺害した。それでも仲間を奪われた怒りは収まらず、自分自身でさえ抑えがたい破壊衝動に悩まされることになる。このままではいずれ仲間にさえ手を出しかねないと危惧し、黙って姿をくらませた。その後、本編のラースと同じように憤怒に飲み込まれて破壊の限りを尽くし、最期はダスティン率いる軍団に倒された。

戦闘について

戦闘スタイルはまっすぐ行ってぶっ飛ばす、を体現する身体能力に物言わせた単純な喧嘩殺法。憤怒に飲まれた後はまっすぐ行ってそのままひき殺す、という原始的な体当たり戦法。

Name
女帝

Ability
強奪

Title
初代強欲の支配者

見た目は人間に近いものの、瞳孔が爬虫類のように縦長になっており、手がやや大きい。性格は俗物。お金大好き、権力大好き、自分が一番かわいい。孤児院出身者の中では珍しく悪人寄りの思考をしており、本人にもその自覚がある。一応孤児院仲間のことは大切に思っており、そのこともあって内心はどうあれ人の道を大きく外れた行いは自重してやらないようにしていた。とは言え、窃盗などは獣王を隠れ蓑にして行っており、軽犯罪の履歴はそれなりに多い。が、それが表に出てこないくらいにはうまくやっていた。みんなが働きだす年齢になってからはそういった軽犯罪から手を引いたものの、それは改心したからではなく、割に合わないと学習したから。犯罪から手を引いた後は男に貢がせるほうに舵を切っており、扇動王の人脈を使って芸能関係者にも毒牙を伸ばしていた。ちなみに扇動王本人は彼女がそんなことをしていたことを知らず、さらには枕営業をしているという不名誉な噂も実は彼女の隠れ蓑にされてしまったせい。

システム稼働後の動き

システム稼働直後は戦闘員として孤児院の仲間たちと行動を共にしていた。キメラの中では戦闘力は低めなものの、常人よりは身体能力が高めなために戦闘をこなしていた。初代嫉妬の支配者が人々にはめられ殺されてしまったことで、いい子でいることに馬鹿らしさを感じ、以降は好き勝手に生きようとする。獣王離脱をきっかけに「じゃああたしもー」と離脱し、舎弟を増やしつつ略奪の限りを尽くす、山賊のようなコミュニティを発足。イナゴの群れのように行く先々で略奪の限りを尽くし、草一本生えないような光景を作り出し続けた。ジャイアニズムの権化のように、欲しいものは力ずくで手に入れる生活を死ぬまで続けた。最期はダスティン率いる軍団にコミュニティごと壊滅させられる。

戦闘について

戦闘方法は器用さを軸に、多彩なスキルで敵を翻弄するトリッキータイプ。そこここから強奪した美術品の剣や槍なども武器として使用していた。それらの武器を念動のスキルで複数振り回しつつ、本人は魔法などで攻撃を加えるという器用なことをしていた。強欲のスキルで殺した相手から奪ったスキルやステータスもあり、多彩さでは歴代の全人類の中でもトップクラス。保有スキル数で言えば歴代でトップだった。

Name
扇動王
Ability
魅了
Title
初代色欲の支配者

見た目は普通の人間と変わらないが、とんでもなく容姿が整ったイケメン。性格は一見チャラ男っぽく見えて実は一途で不器用。その整った容姿とキメラ由来の身体能力の高さを生かし、歌って踊れてさらにトーク力も抜群のアイドルとして売り出していた。キレのあるダンスを踊りつつも、息を乱さず歌えるパフォーマンスで一躍有名になり、トーク力もあったことから大人気アイドルとして引っ張りだこだった。アイドル活動で得た収入のほとんどは孤児院に寄付している。初代嫉妬の支配者とは両片思いの関係で、彼女を養いたいがために芸能界に飛び込んだ。のだが、とうの彼女が人間社会に出られないことに鬱屈とした感情を抱いていたため、喧嘩別れのような形になってしまい、関係がこじれることに。お互いにきちんと話し合えば仲直りすることはできただろうが、その前にシステム稼働と相成り、話し合いの時間を設ける暇もなくなり、結局仲を修復する前に彼女が亡くなってしまう事態となった。

システム稼働後の動き

システム稼働直後は戦闘員として孤児院の仲間たちと行動を共にしていた。初代嫉妬の支配者亡き後、生きる目標を失い失意のどん底に。獣王が黙って行方をくらませたのを皮切りに、仲間たちもバラバラになってしまい、余計に生きる意味を見出せなくなる。唯一の心の支えとなったのがレベルアップ時に聞こえてくるサリエルの声だった。サリエルの声を聞くことで孤児院のことを思い出し、正気を保てていた（と思い込んでいた）状態。サリエルの声を聞くためだけに行動し始め、やがてサリエルを救出するためにより多くの人々にスキルを鍛えさせようと、自身の考えに同調する同志を集め、人々を戦闘に駆り立てていくようになる。本人の口先による扇動力もさることながら、色欲のスキルによる魅了の力も相まって勢力を拡大し続け、やがて戦場を求めて大陸を渡り、魔族を相手取って暴れることになる。魔族がカサナガラ大陸の北方に追いやられた原因となった人である。後の世で彼の教えをダスティンが利用して立ち上げたのが神言教である。それだけ後の世に影響を残した彼だが、その最期ははっきりとしない。魔族との戦いで命を落としたのか、女に刺されて死んだのか、原因は不明である。戦闘スタイルは魅了によって敵同士を相争わせるというもの。

扇動王とレングザンド帝国

扇動王が率いる人族の集団は魔族をカサナガラ大陸の北方へと追いやっている。当然扇動王が最期にいただろう地は人族領の最北の国であるレングザンド帝国であろうと思われる。力を信奉するレングザンド帝国の祖、初代剣帝には謎が多い。初代剣帝の記録はほとんど残っておらず、同じくこの時期まったく記録に残っていない扇動王と同一視できなくもない。剣帝の血族が扇動王の子孫なのかどうか、ダスティンやアリエルでも知らない。

Name

嫉妬

Ability

なし

Title

初代嫉妬の支配者

龍の因子を強く埋め込まれている。その関係か身体能力はかなり高いものの、特殊な能力はなし。実は身体能力だけならば獣王を上回っており、スペック的には獣王を素手で伸すことができる数少ない人物。ただし本人は荒事が苦手なので、純粋な戦闘力ではキメラの中ではそこまで高くはない。その見た目から人間社会に溶け込めず、獣王のように割り切って突っ込んでいけるほどの度胸もなく、孤児院で鬱屈した生活を送っていた。人間社会に憧れを抱きつつ、そこに出ていける孤児院の仲間たちに嫉妬心を抱いていた。そんな自分自身に自己嫌悪するような真面目さと不器用さを持っている。孤児院の中で最も『普通』に憧れており、普通の人間として大手を振って街を歩き、生活してみたいと夢見ているが、それが叶わないことであるのも理解している。扇動王とは両片思いの関係。自分の踏み出せない人間社会でアイドルとして活躍する扇動王にいろいろと思うことがあってこじれている。

システム稼働後の動き

システム稼働後は戦闘員として孤児院の仲間たちと行動を共にしていた。荒事は苦手だが、そんなことを言っている余裕はないと獣王らとともに戦闘員として前に出ることを決意。あくまで敵を倒すためではなく、仲間たちを守るために戦っているため、防御系のスキルに恵まれる。元の龍の因子もシステムの力によってスキルとして発現。龍鱗系統のスキルを中心に、鉄壁の防御を司るようになる。嫉妬のスキルが敵を無力化する能力で、称号効果で神龍鱗のスキルが獲得できるようになったのは彼女の影響が大きい。非戦闘員の孤児院仲間たちとはぐれた後、戦闘員の孤児院仲間たちと孤児院を目指して移動していたが、その途中で強敵の魔物に襲われているコミュニティを助けることに。魔物は退けることができたものの、コミュニティの人間に後ろから刺され命を落とす。コミュニティの人間は彼女らのことを見た目から人間扱いしておらず、最初から利用するだけして後ろから刺す気だった。彼女の死をきっかけにして獣王らが暴走を始めることになる。

嫉妬の盾

戦闘において守りを司っていた嫉妬だが、彼女は盾を持っていた。その盾で魔物の攻撃から仲間たちを守っていた。その盾は、料理店から拝借した鉄板だった。鉄板焼きに使われていたものだ。街中で入手ができ、大きさと頑丈さがあり、盾代わりにするのにちょうどいいものがそれだった。もとは料理に使われていた鉄板だが、最後まで彼女とその仲間を守り切った至高の盾である。

Name
ダンジョンマスター

Ability
使役

Title
初代怠惰の支配者

濃い隈が浮き出て超不健康そうだということ以外は普通の人間と見た目に大差はない。思考特化型のキメラであり、常時脳内物質が常人をはるかにしのぐ形で分泌され続けている。そのため、思考速度が尋常じゃない代償として、脳内物質の興奮状態により、眠ることができない。さらに自分の意思で思考を止めることができず、常に何かを考え続けていることを強制されている。キメラ由来の無駄に頑丈な体と精神のせいで、正気を失うことも体調不良で死ぬこともできないという、ある意味生きてるだけで地獄な状態。『寝たい、働きたくない』が口癖。孤児院で引きこもり生活を送っていた。引きこもりつつ、有り余る時間を使ってハッキングやらなにやらやっていた。サリエルが生贄にされそうだという情報をいち早くつかんだのも彼である。

システム稼働後の動き

システム稼働直後は非戦闘員として孤児院の仲間たちと行動を共にしていた。しかし頭脳労働担当なため、戦闘では役立たず。世紀末世界となったシステム稼働後の世界ではその頭脳が役立つ機会も少なく、孤児院に帰還できるまでほぼお荷物状態だった。

ダンジョンとの関わり

孤児院帰還後はダスティンとのつながりなどを駆使して情報収集に勤しみ、その情報と自身の推測に基づきサリエルが封印されているシステム中枢の座標を割り当てることに成功。初代謙譲の支配者を伴ってそこを目指して旅を始め、座標軸的に地下だったこともあって炭鉱員よろしく地面を掘り出す。そのうち人力では限界があると思い、魔物を手なずけて発掘員として人手を増やす。配下の魔物が一定以上いる洞窟が管理者

Dによってダンジョンとして認められ、人類初（というか歴代で唯一）のダンジョンマスターとなる。その後、サリエルのいるシステム中枢まで掘り進めたが、サリエルの解放はかなわず、サリエルを守るために中枢への道を魔物であふれさせた。その後死ぬまで件のダンジョンの拡張を続ける。後にそのダンジョンはエルロー大迷宮と呼ばれるようになった。上層に毒持ちが多いのはそれで人を遠ざけるためであり、中層が人間では踏破できないような溶岩地帯なのは単純に攻略させないため、下層や最下層に強力な魔物がいるのは上層中層を突破してきた猛者を返り討ちにするためである。ちなみに下層と最下層については後にアリエルがクイーンタラテクトを、ギュリエが地龍ガキアを配置して万全の守りにしている。

戦闘について

戦法は配下にした魔物をぶつけるモンスターテイマー。本人の戦闘力はあってないようなものだが、キメラであるためダスティンよりかは動ける。ただ、ぶっちゃけエルロー大迷宮という難攻不落の攻略させる気がない場所に引きこもっていたので、そもそも本人が戦う機会はあまりなかった。

特殊スキル

他の初代支配者たちのスキルが七大罪スキルや七美徳スキルなど、生来持っている能力がスキル化したものなのに対し、ダンジョンマスターだけはシステム稼働後の行動によって特殊なスキルを得ている。ダンジョンマスターの能力しかり、テイマーとしての能力しかり。それらはサリエルを救出するために必要だったから取得できたものだが、本人は炭鉱員の元締めをやっているようで嫌だったとか。

Name
謙譲

Ability
なし

Title
初代謙譲の支配者

身長二メートル越えの巨人。子供の頃は獣王とつるんでいた悪ガキその二。しかし、サリエルや院長に叱られる中で改心していき、次第に自分の中で正義というものは何たるかを考え始める。元から獣王と並んで悪ガキ扱いされていたのは、孤児院のことを悪く言う外の子供たちにカチンと来て喧嘩を売っていたため。そのことからもわかるように、誰よりも仲間思いで、元から正義感も強めだった。ただし、考えるよりも先に手が出るだけで。長じるにつけ、感情のままに動くことがなくなり、落ち着いていった。警官になることを目指していたが、キメラゆえにその道を進むことは難しく、フォドゥーイの紹介で要人警護などを請け負う警備会社に入社していた。

システム稼働後の動き

システム稼働直後は戦闘員として孤児院の仲間たちと行動を共にしていた。初代嫉妬の支配者の死後、仲間たちがバラバラになってしまったために孤児院を目指し、戦闘員の中では唯一孤児院への帰還を果たす。その後は孤児院を拠点にし、クラやナタリーが留守にする間は彼が主に孤児院の守りを担っていた。

ダンジョンとの関わり

クラの勇者活動が落ち着いてきたころにダンジョンマスターとともにサリエル救出のわずかな希望を抱いて旅に出る。ダンジョンマスターを手伝いつつエルロー大迷宮を作り上げ、システム中枢にたどり着くも、サリエル救出はかなわなかった（当時はまだ防衛機構はなかったものの、力ずくでサリエルをシステム中枢から引っぺがすことはできなかった）。サリエルをシステム中枢から直接救出するという裏技は通用しなかったが、もう一つの裏技である神を倒してエネルギーを供給するという方法を選択する決意を固め、ギュリエと戦うことに（この方法を示唆したのはもちろんダンジョンマスターである）。サリエルを救いたい謙譲の支配者と、管理者Dとの契約のために全力を尽くさねばならないギュリエとの戦い。謙譲の力によって一発限りの渾身の一撃を放つ。その一撃はギュリエを倒しうる力があったものの、ギュリエを犠牲にすることに対する後ろめたさも相まってわずかに力も狙いも甘くなっており、ギュリエはギリギリでこの一撃を耐えた。そして全てをこの一撃につぎ込んでいた彼は力尽きた。

戦闘について

戦法はその巨体のフィジカルを生かした肉弾戦。切り札として謙譲の一撃。

ダンジョンマスターとの凸凹コンビ

謙譲は寡黙な性格で、必要なことしか喋らないタイプだった。対してダンジョンマスターはずっとぶつぶつと独り言を言っているタイプだった。ともにサリエル救出を目指してダンジョンの発掘をしていたが、片や無言、片やぶつぶつとつぶやき続けるという、はたから見たら異様な二人組だった。しかし、気の置けない間柄だった二人にとってはその異様な光景も日常の一部だった。対照的な二人だがシステム稼働前から孤児院内でも仲が良く、孤児院仲間からは凸凹コンビ扱いをされていた。

Name
純潔

Ability
結界

Title
初代純潔の支配者

見た目は体の所々に鱗が生えている以外は普通の人間と変わらない。鱗を隠せば普通の人間に見える。龍の因子を強く埋め込まれたキメラだが、同じく龍の因子を埋め込まれた初代嫉妬の支配者よりも人間に近い容姿をしていることから、彼女に嫉妬の感情を向けられていた。そのことから孤児院にいづらく、外で一人暮らししている。……というのは半分建前で、オタグッズとオタ活を見られたくないだけのオタクで、引っ込み思案。「私」のように全く喋らないわけではないが、話しかけられるとしどろもどろになる。イラストレーター（そんなに売れてない）として活動していた。

システム稼働後の動き

システム稼働直後は非戦闘員として孤児院の仲間たちと行動を共にしていた。旅の最中はほぼ何もしていない枠の一人。一応途中から龍の因子由来で龍結界の前段階の弱い結界のようなものは張れるようになったものの、その段階ではクラが無双していたのであんまり役には立たなかった。孤児院に戻ってからは孤児院に常時結界を張り、防衛に寄与していた。ちなみに常に結界を張っていたために最終的な結界の強度は「私」が突破に手間取るくらいにはすさまじいことになっていた。彼女の結界があるから孤児院に手出しはされなかった事実はあるものの、他の初代支配者たちに比べると派手な実績はなく地味に生涯を終えた。彼女が純潔のスキルをゲットできたのは、二次元に青春のすべてを捧げていたのと、生き残った孤児院仲間で唯一彼女だけ特別なスキルをもらえていないからという管理者Dのお情けによるところ。ちなみに彼女の大切なオタグッズは、孤児院に帰りついた後こっそり一人暮らししていた自宅にとりにいったものの、全部なくなっていた……。

システム稼働後の時系列

- サリエルを生贄にし、星を延命――システム稼働開始
- 孤児院の面々が大統領府から孤児院に向けて出発
- 食料などの物資を求めて各地で暴動が発生、世紀末化
- 初期魔物発生
- 魔物への対処が喫緊の問題となったおかげで、人間同士の争いが減る
- 魔物肉のおかげで食料事情が改善され、人間同士の争いがさらに減る
- 争いが減ったことで人間たちが協力し始めるようになり、コミュニティを形成し始める
- 時々強力な魔物がポップするようになる（仮称レイド級モンスター）
院長や初代嫉妬の支配者が命を落とす原因になったのもこのレイド級モンスターによるもの
- 各地でコミュニティ同士の交流や合併、反対に争いなどが起こりだす
- フォドゥーイが活動を開始
- クラたちが孤児院に帰還
- フォドゥーイ勢力拡大、獣王暴走開始、扇動王コミュニティ形成、女帝コミュニティ形成
- 初代謙譲、孤児院に帰還
- クラ vs. フォドゥーイ――フォドゥーイ死亡
- 獣王 vs. ダスティン軍――獣王死亡
- 女帝軍 vs. ダスティン軍――女帝死亡
- 扇動王、カサナガラ大陸へ旅立つ
- ダンジョンマスターと初代謙譲が孤児院を後にする
- ダンジョンマスターがダンジョンをつくる（後のエルロー大迷宮）
- 謙譲 vs. ギュリエディストディエス――謙譲死亡

忍耐の支配者

初代保有者：クラ　最終保有者：メラゾフィス

取得スキル　「外道無効」「断罪」　取得条件　「忍耐」の獲得

効果　防御、抵抗の各能力上昇。邪眼系スキル解禁。耐性系スキルの熟練度に＋補正。支配者階級特権を獲得

説明　忍耐を支配せし者に贈られる称号

外道無効　魂を直接犯す「外道」属性の攻撃や魔法を無効化する。

断罪　魂にシステム内罪科を貯めた者に対し、罪科の累計値に比例した抵抗不可のダメージを与える。

忍耐　自身の持つ神性領域を拡張する。MP の続く限りどんなダメージを受けても HP 1で生き残る。

救恤の支配者

初代保有者：ナタリー　最終保有者：フィリメス・ハァイフェナス

取得スキル　「奇跡魔法 LV10」「献上」　取得条件　「救恤」の獲得

効果　ＭＰ、魔法、抵抗の各能力上昇。支援系スキルの熟練度に＋補正。支配者階級特権を獲得

説明　救恤を支配せし者に贈られる称号

奇跡魔法　上位回復魔法。死んでなければどんな状態からでも治してみせましょうレベルの魔法。

献上　自身のＨＰ、ＭＰ、ＳＰをすべて消費し、奇跡を起こす。

救恤　自身を中心に味方と認識する者すべてに「HP 超速回復 LV1」相当の効果を及ぼす。

傲慢の支配者

初代保有者：フォドゥーイ　最終保有者：「私」

取得スキル 「深淵魔法 LV10」「奈落」 取得条件 「傲慢」の獲得

効果 ＭＰ、魔法、抵抗の各能力上昇。精神系スキルの熟練度に＋補正。支配者階級特権を獲得

説明 傲慢を支配せし者に贈られる称号

深淵魔法 深淵の闇を操る最上級闇魔法。

奈落 奈落を顕現させる。

傲慢 取得する経験値と熟練度が大幅に上昇し、各能力成長値が上昇する。

暴食の支配者

初代保有者：アリエル　最終保有者：アリエル

取得スキル 「富天 LV1」「昇華」 取得条件 「暴食」の獲得

効果 ＨＰ、ＭＰ、ＳＰの各能力上昇。ステータス強化系スキルの熟練度に＋補正。支配者階級特権を獲得

説明 暴食を支配せし者に贈られる称号

富天 スキルレベル× 100 分ＳＰ(赤)にプラス補正が掛かる。また、レベルアップ時にスキルレベル× 10 分の成長補正が掛かる

昇華 ＳＰ（赤）を消費して一時的に全ステータス上昇。

暴食 全ての者を捕食可能になり、純粋エネルギーとしてストックすることができる。

慈悲の支配者

初代保有者：**院長**　最終保有者：**シュレイン・ザガン・アナレイト**

取得スキル 「奇跡魔法 LV1」「安寧」 取得条件 「慈悲」の獲得

効果 ＭＰの能力大幅上昇。治療系スキルの熟練度に＋補正。支配者階級特権を獲得

説明 慈悲を支配せし者に贈られる称号

奇跡魔法 上位回復魔法。死んでなければどんな状態からでも治してみせましょうレベルの魔法。

安寧 死者を天国へと送る。つまり、システム外の正常な輪廻へと魂を送る。

慈悲 死者蘇生。

嫉妬の支配者

初代保有者：**嫉妬**　最終保有者：**ソフィア・ケレン**

取得スキル 「天鱗 LV10」「禍根」 取得条件 「嫉妬」の獲得

効果 ＨＰ、防御、抵抗の各能力上昇。防御系スキルの熟練度に＋補正。支配者階級特権を獲得

説明 嫉妬を支配せし者に贈られる称号

天鱗 龍種が持つ頑健な鱗。魔法の術式を分解する力を持つ。

禍根 怨念を力に変えて纏う。

嫉妬 対象のスキルを封印する。

強欲の支配者

初代保有者：**女帝**　最終保有者：**ユーゴー・バン・レングザンド**

取得スキル「鑑定LV10」「征服」　取得条件「強欲」の獲得

効果 全ステータス微上昇。全スキルの熟練度に＋微補正。支配者階級特権を獲得

説明 強欲を支配せし者に贈られる称号

鑑定LV10 秘されていないすべての情報を鑑定可能。
征服 征服者の威光により味方を鼓舞する。
強欲 殺害した相手の能力をランダムで奪う。

節制の支配者

初代保有者：**ダスティン大統領**　最終保有者：**ダスティン教皇**

取得スキル「禁忌LV10」「記録LV10」「調和」　取得条件 ダスティンであること

効果 支配者階級特権を獲得

説明 ダスティンに贈られる称号

禁忌LV10 己の罪を忘れるな。
記録LV10 己の罪を覚えておけ。
調和 誰も傷つかない仮初の平和をもたらす。

怠惰の支配者

初代保有者：ダンジョンマスター　最終保有者：「私」

取得スキル 「睡眠無効」「退廃」 取得条件 「怠惰」の獲得

効果 ＨＰ、ＳＰ（黄）、ＳＰ（赤）の各能力上昇。全スキルの熟練度に＋微補正。支配者階級特権を獲得

説明 怠惰を支配せし者に贈られる称号

睡眠無効 睡眠の状態異常にかからなくなり、眠らなくてもよくなる。

退廃 全てを終わらせる腐蝕の波動を放つ。

怠惰 周囲のＨＰ、ＭＰ、ＳＰの減少値を大幅に上昇させる。

謙譲の支配者

初代保有者：謙譲　最終保有者：アリエル

取得スキル 「祈祷 LV10」「福音」 取得条件 「謙譲」の獲得

効果 支配者階級特権を獲得

説明 謙譲を支配せし者に贈られる称号

祈祷 その祈りはきっと誰かに届くだろう。

福音 輝かしい未来が訪れることを信じて。

謙譲 命も、魂も燃やし、慮外の力を得る。

純潔の支配者

初代保有者：**純潔**　最終保有者：**カルナティア・セリ・アナバルド**

取得スキル 「腐蝕耐性 LV1」「夢想」 取得条件 「純潔」の獲得

効果 抵抗が大幅上昇。防御系、耐性系スキルの熟練度に＋補正。支配者階級特権を獲得

説明 純潔を支配せし者に贈られる称号

腐蝕耐性 腐蝕属性攻撃に耐性を持つ。

夢想 夢の世界で生きている。

純潔 神龍結界を超える防御性能を持つ結界を展開する。

色欲の支配者

初代保有者：**扇動王**　最終保有者：**ユーゴー・バン・レングザンド**

取得スキル 「集中 LV10」「自失」 取得条件 「色欲」の獲得

効果 ＳＰ（黄）、ＳＰ（赤）、速度の各能力上昇。状態異常系スキルの熟練度に＋補正。支配者階級特権を獲得

説明 色欲を支配せし者に贈られる称号

集中 集中力が増す。

自失 対象の精神を打ち砕く。

色欲 対象を洗脳する。

憤怒の支配者

初代保有者：**獣王**　最終保有者：**ラース**

取得スキル 「闘神法 LV10」「閻魔」 取得条件 「憤怒」の獲得

効果 攻撃、防御、速度の各能力上昇。物理攻撃スキルの熟練度に＋補正。支配者階級特権を獲得

説明 憤怒を支配せし者に贈られる称号

闘神法 ＳＰを消費して物理ステータスを上昇。

閻魔 地獄の裁定者の炎を呼び出す。

憤怒 憤怒に自我を飲まれるが、ステータス 10 倍。

勤勉の支配者

初代保有者：**ポティマス・ハァイフェナス**　最終保有者：**ポティマス・ハァイフェナス**

取得スキル 「思考超加速 LV10」「探究」 取得条件 「勤勉」の獲得

効果 ＭＰ、ＳＰ（赤）、抵抗の各能力上昇。精神系スキルの熟練度に＋補正。支配者階級特権を獲得

説明 勤勉を支配せし者に贈られる称号

思考超加速 思考速度が超加速される。

探究 鑑定で調べられる事柄を調査可能。

勤勉 魂とは何かを知ることができる。

叡智の支配者

初代保有者：「私」　最終保有者：「私」

取得スキル　「魔導の極み」「星魔」　取得条件　「叡智」の獲得

効果　ＭＰ、魔法、抵抗の各能力上昇。魔法系スキルの熟練度に＋補正。支配者階級特権を獲得

説明　叡智を支配せし者に贈られる称号

魔導の極み　システム内における魔力制御補助、及び術式展開各種能力値が最大となる。また、ＭＰの回復速度が最速となり、消費が最低となる。

星魔　ＭＰ、魔法、抵抗の各種ステータスに 1000 のプラス補正が掛かる。また、レベルアップ時に 100 の成長補正が掛かる。

叡智　自身の知覚範囲内に存在する者すべての閲覧レベル１までの情報を取得可能にする。

描き下ろしイラスト

イラスト◆輝竜司

D

店舗特典SS

ギュリエの記憶

Memory of Gyurie

ギュリエの一人語り　料理

料理、か。

今のアリエルは料理がうまいが、昔はそんなことはなかった。

そもそもアリエルは車椅子生活だったからな。

料理そのものができなかった。

そして、システムができる前と後とでは、食材やらなにやらが違ってしまっている。

システムのせいで一部の細菌等がいなくなってしまったために、発酵などが必要な食材や調味料はそのほとんどが失伝してしまった。

これらの理由から、アリエルはシステム構築前の料理を作ることはできんだろう。

私か？

残念ながら私も料理はできん。

やってやれないことはないだろうが、ほとんどやったことはない。

というのも、我ら龍はそもそも食事を必要とせんのだ。

我らの主食となるのは星から漏れ出た余剰エネルギーだ。

それを吸収すれば済むので、わざわざ食事という効率の悪い方法をとる必要がない。

できないわけではないので娯楽として食事を嗜《たしな》む龍もいなかったわけではないがな。

あいにく私はそういった趣味はなかったので、食べることも調理することもあまりなかった。

ちなみに、それはサリエルにも同じことが言える。

ただ、私と決定的に違うことは、サリエルは料理がとんでもなく下手《へた》だということだ。

下手、というか、あれは一種の災害だな。

サリエルは味を度外視して、必要な栄養だけを計算して作るのだ。

そのせいでできあがるものはゲテモノ料理となることが多い。

見た目もそうだが、味についてもな。

孤児院出身の子供たちはサリエルのことを慕っているが、サリエルの料理だけは絶対に口にしようとしなかった。

院長にもくれぐれも厨房《ちゅうぼう》に立つなと言われていたくらいだからな。

「不可解」

などと本人はのたまっていたが、いくら栄養バランスが完璧《かんぺき》だろうと、見た目も味も悪いものを率先して食べようとは思うまい。

我ら龍は人間たちの味覚を再現することもできたが、サリエルにはそういった細かいことはできないようだった。

そのせいで自身が作った料理がどのような味として人間たちに感じられるか、理解できなかったようだな。

……食った人間の反応で察しろとは思ったが。

まあ、サリエルにそういう察しの良さを求めるのが間違っているのだろう。

孤児院の食事を一手に賄っていたのは件の院長なのだが、彼女の料理は良くも悪くも普通だ。

いかんせん育ち盛りの子供たちを複数腹いっぱいにさせなければならなかったのだ。

質より量というわけだ。

料理をしたことのある人間であれば、その大変さはわかるだろう。

しかも、中にはアリエルのように個別で特別メニューを作らねばならぬ子もいた。

その状況で普通レベルの味をきちんと確保できていたのだから、むしろ彼女の料理の腕前はなかなかに高いと言えるだろう。

孤児院の子供らがサリエル以上に頭が上がらない相手だな。

その院長の大変さは子供らも察していたようで、何人かは率先して彼女の手伝いをしていた。

最初の頃《ころ》は失敗も多かったようだがな。

そつなくこなしていたのは、それこそ後の世で女帝と言われた初代強欲の支配者くらいのものではないか？

あの子はなんでも器用にこなしていたからな。

逆に、壊滅的に料理ができなかったのが、初代聖女だ。

あの子は度を越しておおざっぱだったからな。

火を使った料理では、たいてい消し炭を作っていた。

初代勇者が彼女に「回復だけしててくれ」と頼んだのも頷《うなず》ける。

きっとそれ以外のことをやらせていたら、相手のほうが消し炭になっていただろう。
そういうところはサリエルに似たのかもしれん。
アリエルが似なかったのは幸運だったのかもしれんな。

ギュリエの一人語り　スマホ

スマホか。

転生者たちの世界では通信端末をそのように呼ぶのだな。

こちらの世界でも同じようなものはあった。

もちろん呼び名は違うがな。

世界の裏側とも通話が可能だというのは、人間の発明にしてはよくできていると感心したものだ。

……ずいぶん上から目線だな、と？

それはそうだろう。

いかんせん、我々龍はそのような端末がなくとも同じことができる。

道具に頼らねばならぬ人間たちとは違う。

これは何も通話に限ったことではない。

テレビを筆頭とした動画や、ＳＮＳ、ネットなどなど。

人間が通信端末を使ってやっていたことのほとんどを、龍は道具なしで再現することができる。

人間が通信端末によって形成していたネットワーク、それと似たようなものが実は龍にもある。

大きな違いは先にも述べたように道具を使っていないことと、宇宙規模でそのネットワークが広がっていることか。

龍の縄張りはこの世界だけでなく、広大な宇宙のいたるところに広がっている。

この世界など龍から見れば辺境のド田舎《いなか》だからな。

そのような辺境のド田舎にいても、最新の情報を得ることができるのが、龍のネットワークだった。

残念ながらはぐれの身となった私に、そのネットワークに接続する権限はすでにないがな。

龍のイメージに合わないか？

だろうな。

人間たちは我々に神秘だとかそういうものを求めたがる。

人間には理解できないことをしているという点に関してはその通りなのだが、人間がイメージする神秘と、実際に我々が行使しているものとでは、かなりの相違があるだろうな。

魔法だとか魔術だとか、そういった呼び方がおとぎ話のようなイメージを持たせてしまうのがいけないのかもしれないな。

実際に我々が行使しているものは、人間が科学によってなしていることとの延長のようなものだ。

それが科学によるものか、魔術によるものかの違いでしかない。

そして、我々が魔術によってできることは、人間の科学でできることよりもはるかに多い。

言い方は悪いが、人間の科学力は我々から見れば遅れていた。

人間から見た我々の力は、どちらかと言えばＳＦの領域に近いだろうな。

ただ、機械などの道具を使わずに同じ結果を出しているから、イメージに合わなくなってしまっているのだろう。

とは言え、勘違いしてもらっては困るのだが、我々とて人間の科学力を馬鹿にしているわけではない。

道具を使わねば我々と同じことができない、ということは、裏を返せば道具を使えば我々と同じことができる、ということでもあるのだからな。

この世界の科学水準では残念ながらまだまだその領域にはなかったが、他の世界では龍の魔術に科学が追い付いていているところもある。

それこそまさにこの世界の人間や転生者たちがSFとして想像する世界だろうな。

ただそこに龍たちも平然と交ざっているのは、やはりイメージに合わないかもしれんな。

その意味では転生者たちの世界もまだまだ発展途上ということになる。

何？　龍が道具なしでスマホと同じことができるのなら、Dがスマホを使った理由はなんだ、と？

……ただの演出ではないか？

あんなものを使わずとも、Dは念話なりなんなりで対話が可能なはずだ。

それでもあえてスマホを使ったのであれば、演出以外に思い当たる理由はないな。

別に不思議なことではあるまい。

あのDだぞ？

D自身がそちらのほうがおもしろそうだと思えば、演出に力を入れてもおかしくはない。

直接脳内に語り掛けるより、何かワンクッションはさむことで存在感を大きくした、というところではないか？

残念ながら私ごときではDの思惑をすべて読み取ることはできん。

……大した意味などないのかもしれんがな。

ギュリエの一人語り　バイク

バイク?
バイクに乗ったことはないのかと?
たしかにバイクはあったが、乗ったことはないな。
なぜか?
考えてもみろ。
私は空間魔術を得意としているのだぞ?
バイクなど使わずとも、どこへでも行ける。
そもそも、空間魔術を使わずとも、バイクよりも速い。
自分よりも移動速度の遅い乗り物に乗る必要がどこにある?
ふっ。
ああ、いや、すまない。
全く同じやり取りを大昔にしていたことを思い出してな。
相手は例の孤児院の孤児の一人だ。
後に獣王などと言われるようになる男なのだが、当時はまだまだ子供でな。
あいつは孤児院きっての悪ガキで、どこから手に入れてきたのかバイクを持っていた。

もちろん無免許だ。

サリエルに見つかったら処分されてしまうから、孤児院の外の友人宅にそのバイクは置かれていた。

友人と書いて舎弟と読む間柄だったようだがな。

その頃《ころ》の奴《やつ》は孤児院に帰らず、舎弟となった友人たちの家々を転々としていた。

一言で言ってしまえば不良だ。

健全とは言い難かったからな。

私はその日たまたま奴がバイクをその友人宅で整備しているのを見つけて、苦言を呈した。

それに対して奴はなんと言ったと思う？

「これは俺の怒りのソウルが形になってんのさ！」

「燃え上がる俺の炎をこいつの風がさらに熱くさせる！」

「どこまでも駆け抜けていくぜ！」

……意味がわからんだろ？

まあ、こちらの主張は聞き入れられず、その後延々とバイクの魅力について語られた。

詩的表現が過ぎるので半分以上は聞き流していたがな。

とりあえず、奴がバイク好きなのは痛いほど伝わってきた。

私には理解しがたかったがな。

その本音をそのまま伝えたら、「乗ってみればわかる！」と言われてしまってな。

その流れで「乗ったことはないのか?」と聞かれ、先に述べたのと同じやり取りが発生したというわけだ。

「ロマンがわかってねえなぁ」

と、呆《あき》れられてしまったがな。

これぱかりはさすがに仕方がない。

そのロマンとやらを否定する気はないが、どうしても私から見ればバイクなど不自由極まりない乗り物に過ぎないからな。

どうしても乗った時は爽快感《そうかいかん》よりも不便さのほうが際立ってしまう。

自分の足で走ったほうが速い、とな。

人間だって歩くよりも遅い速度でしか進まない乗り物に乗りたいとは思わんだろう?

おそらく私が抱いている感覚はそれに近い。

龍の能力が高すぎるが故の弊害だな。

能力が高すぎるからこそ、人間が感じられる楽しみが感じられないというのは、目から鱗《うろこ》だったがな。

なるほどと、少々感心してしまった。

その発見に免じてサリエルに報告するのは控えてやったのだが、残念ながら奴がバイクを乗り回すことができたのはほんのわずかな期間だけだった。

獣王という呼び名の通り、奴はいわゆる獣人と呼べる外見のキメラでな。

全身に毛が生えていたのだ。

それで、まあ、バイクの機関部に毛が入り込んでたびたび故障してな……。

そのたびになんとか修理していたようなんだが、ついにどうしようもないところまで壊れてしまったらしく……。

「俺の炎に耐えられずに焼け焦げちまったぜ……」

哀愁を漂わせながらそんなことを言っていたが、毛が入り込んで機関部が焼け焦げたのは事実だ。

さすがにそれでサリエルに無免許でバイクを乗り回していたことがばれてな。

以降、奴がバイクに乗ることはなくなった。

また乗っても故障させるのが関の山だからやめたのか、サリエルに止められたからやめたのか。

どちらかなのかは知らんがな。

しかし、何だっていきなりバイクの話を？

蜘蛛《くも》四姉妹？　鰻《うなぎ》を賭《か》けたレース？　別の世界線の話？

……よくわからんが、深く追求するのはやめておこう。

店舗特典SS

エルロー大迷宮の記憶

Memory of Great Elroe Labyrinth

エルロー大迷宮の冒険者たち

エルロー大迷宮。

それは世界最大のダンジョン。

あまりにも広大すぎ、そしてあまりにも危険すぎるがゆえに、その全貌《ぜんぼう》を明かすことすらかなっていないダンジョンだ。

しかし、そんなダンジョンであっても、人々は挑んでいく。

大迷宮に挑む冒険者の朝は早、くはない。

適当である。

それというのも、大迷宮の中は昼夜問わず真っ暗で、時間の感覚を奪われてしまうからだ。

朝に入ろうが昼に入ろうが大迷宮の中に変化はない。

ならば、別に急いで入らなくても構わない。

朝早くに起きて眠い目をこすりながら入るよりも、しっかりと英気を養って万全の状態で挑むほうがいいのだ。

そして準備の整った冒険者たちは、パーティーを組んで出かける。

一人で大迷宮に突撃するような無謀な冒険者はいない。

いたとしても二度と帰ってくることはない。

若い冒険者の中には己の力を過信する者もいるが、大迷宮という場所はその過信を許してくれるほど生易しい場所ではないのだ。

大迷宮に入るには、まずは通行料を払って検問を通らねばならない。

この検問は砦《とりで》となっており、万が一大迷宮から魔物が出てきた場合、迎え撃つ役割を持っている。

そして、大迷宮に入る人々から通行料をとることによって利益を得ている。

冒険者たちは通行料をとられてでも大迷宮に入る。

それはなぜか？

それ以上の儲《もう》けが得られるからだ。

大迷宮にはここにしか生息しない魔物が数多くいる。

その素材は大迷宮でしか得られず、それらは常に需要に対して供給が追い付いていないのが現状だ。

何せ大迷宮は冒険者たちにとっても危険な場所。

駆け出しではまず生きて帰ることができないため、そこで活動する冒険者たちは少ない。

そのため魔物の素材はどれも貴重となり、その分高値で取引される。

しかし、それも魔物を倒せれば、という前提条件が付く。

大迷宮に生息する魔物は、千差万別。

魔物の強さを大まかに表した危険度も幅広く、弱い魔物もいれば手に負えない強い魔物もいる。

弱い魔物を確実に倒せる実力と、強い魔物を警戒して遭遇しないようにする技術、そして万が一遭遇してしまっても逃げられるだけの機転が求められる。

それらは冒険者にとって真っ先に求められる資質ではあるが、大迷宮ではよりその能力が問われることになる。

そして、大迷宮で活動する冒険者には必須《ひっす》のスキルがある。

毒耐性と暗視。

毒を使う魔物が多数生息し、光源もなく昼夜深い闇に包まれた大迷宮。

毒に耐性がなければあっという間に魔物の餌食となり、暗視がなければまともに活動することさえできない。

そして、スキルではないが大迷宮という特殊な環境の中でも心折れないこと。

毒を使う魔物が跋扈《ばっこ》し、常時闇に閉ざされた大迷宮。いつ魔物に襲われるかわからない恐怖と戦いながら、闇の中目を凝らし続ける。

その中を数日、十数日、あるいはそれ以上、探索し続けなければならないのだ。

それができねば大迷宮で冒険者を続けることはできない。

それでも冒険者たちは一獲千金を求めて大迷宮に挑む。

己の力を信じる者。

金に困った者。

夢を見る者。

様々な冒険者たちが大迷宮に挑み、そしてそのいくらかが、再び日の光を見ることなく飲まれていく……。
ここはエルロー大迷宮。
それは世界最大にして、世界最難のダンジョン。

魔物の危険度

魔物には危険度というものがある。

この危険度の設定を行っているのは冒険者ギルドだ。

冒険者ギルドは冒険者からその魔物の情報を仕入れ、それをもとに危険度を判定している。

冒険者ギルド発足から、長年をかけて集めた情報をもとにして作られた危険度。

その精度は高く、冒険者が魔物に相対した時の基準として大いに役立っている。

しかし、危険度はあくまでも目安であって、絶対ではない。

魔物には個体差もあり、レベル差もある。

同じ種の魔物でも、個体が違えば強さは異なる。

大幅な違いがあることはほぼないが、ごくまれに特異な個体が出現することもあるので油断はできない。

そういった例外以外にも、危険度を過信してはいけない事例がいくつかある。

そのうちの一つは、前提条件付きの魔物だ。

討伐に際し、事前準備をしておけば楽に倒せる部類の魔物がいる。

そういった魔物は得てして討伐のノウハウが伝わっているがゆえに、危険度が低く設定されがちとなる。

しかし、そのノウハウを知らずに、危険度だけを見てそういった魔物に挑んでしまう冒険者などもいる。

そういった魔物は事前準備なしで挑む場合、危険度が上がることが多い。

低危険度と思っていたら、思わぬ被害が出るのだ。

その他には、単体と群れで危険度が異なる場合がある。

単体の場合は取るに足りない魔物であっても、群れになることで危険度が上がることがある。

たとえ弱い魔物でも、数が多くなればそれだけ危険も増すということだ。

他には条件付きで危険度が上がる種もある。

特定の条件下に限り、危険度が上がる。

狭い場所に陣取っていたり、逆に広い場所にいたり、巣などにいたりといった、場所に関すること。

昼や夜などの時間に関すること。

繁殖期などの季節に関すること、などがあげられる。

この他にも様々な要因で危険度があてにならない場面がある。

しかし、いずれの場合にしても回避することはできる。

まず、事前の情報収集は怠らないこと。

危険度だけでなく、その魔物の特徴をきちんと頭の中に入れておく。

そうすることで対処方法などもおのずと身につくことだろう。

先に述べた事前準備があれば対処が容易な魔物などは、きちんと情報収集をしていれば危険度通りとなる。

そして、魔物を注意深く観察すること。

危険度が低い魔物相手でも油断せず、注意深く観察して対処に当たれば問題ない。

もし、通常種とは大きく異なる特異な個体に遭遇したとしても、注意深く観察していればその差異を見抜くことができるだろう。

そうすれば、その個体を討伐できるか否かの判断はつくはずだ。

事前の情報収集で得た知識に固執せず、その個体の危険度を自ら判断する。

常に死の危険と隣り合わせの冒険者にとって、その判断ができるか否かは重要となる。

想定外の事態に陥った時、冷静に判断できるよう自分を律しておくのが大切である。


エルロー大迷宮にて、特異個体と思しきタラテクトの幼体を発見した冒険者は、かつてギルドの広報誌に書かれていた教訓を思い出していた。

その個体が特異個体であることは、彼らから逃げ切ったことで証明されている。

タラテクト種の幼体は熟練冒険者である彼らから逃げおおせる速度は出せない。

一目で特異個体であることはわかったが、自分たちの力ならば討伐できると判断した。

残念ながら逃がしてしまったが。

「引き上げるぞ！　できるだけ早くだ！」

その冒険者のリーダー、ゴルドーは仲間たちに指示を出した。

このタラテクトの幼体の特異個体を逃がしたことが、よくないことの前ぶれのような、そんな嫌な予感を抱えながら。

ペカトットの生態

エルローペカトット。

エルロー大迷宮に生息する固有種の魔物だ。

分類としては鳥類であるものの、翼は退化しており空を飛ぶことはできない。

代わりに腕が発達しており、人間と同じように物を手でつかむことができる。

間抜けそうな見た目に反して俊敏で、エルロー大迷宮の狭い洞窟《どうくつ》内を縦横無尽に飛び跳ねて襲い掛かってくる。

空を飛ぶことはできないがその跳躍力は目を見張るものがあり、時には壁や天井を足場にして飛び掛かってくることさえある。

そのスピードはエルロー大迷宮上層に出現する魔物の中でも上のほうであり、明かりが一切ない環境も相まって、索敵範囲の外側から一気に詰め寄ってきて襲われたといった事例もある。

目視可能な範囲にいないからといって油断することはできない。

さらに毒攻撃のスキルを持つ。

毒攻撃は全《すべ》ての攻撃に毒を付与するという効果がある。

そのため、一見毒が含まれているとは思えない殴り掛かりなどでも毒状態にされてしまう、恐るべきスキルだ。

ペカトットから攻撃を受けるということは、毒を受けるということでもあるということである。

多くのエルロー大迷宮に生息する魔物と同じように、毒消しなどの用意はしておかなければならない。

単体での危険度はD。

毒の対処にさえ気をつければ攻撃力自体は低く、エルロー大迷宮で活動できる実力があればさほど脅威ではない。

ただし、大規模な群れをつくることこそないものの、同族の仲間意識は高いほうで、緩い繋《つな》がりを持っている。

そのため複数のペカトットを同時に相手をするのは得策ではない。

最悪仲間を呼ばれて囲まれて袋叩《ふくろだた》きにあう。

売却できる個所は肉全般。

部位によって食感が大きく異なり、ペカトットのその跳躍力を支える足周りの肉は硬く弾力に富み、腹回りの肉は逆に柔らかい。

そのため部位によって値段は変わる。

サイズが大きいため一体丸ごと売ればかなりの金額になる。

ただし、その分運搬は重労働となる。

また、毒があるため毒抜きをきちんとしないと食あたりを起こす。

そのため討伐してそのまま食料とするのは推奨できない。

処理ができる専門の機関に売却しましょう。


と、いう情報を私が得たのはエルロー大迷宮を脱出してずいぶん経《た》ってからのことだった。

あのペンギンだかペリカンだかよくわからない見た目の魔物、ずんぐりした見た目に似合わずスピードファイターだったらしい。

私は糸にかかってたのをそのまま倒しただけだからなー。

ペカトットの戦ってる姿なんて見てない。

……ちょっと見てみたかったかもしれない。

まあ、あの頃《ころ》の私はまだ生きるか死ぬかのサバイバル状態で、そんなのを見る余裕なんてなかった。ていうか、下手《へた》すると正面から戦った場合、普通に負けてたかもしれないな。

私にもそんな弱っちい時代があったんだよ……。


ちなみにこの数百年後、エルロー大迷宮は名を変えた。

その名もエルローペカトット地底国。

ペカトットという亜人が治める地下の国だ。

ペカトットが独自の文明を築き、人知れず発展して国にまでなったのだ。

ペカトットが亜人として人権が認められるようになるまで紆余《うよ》曲折《きよくせつ》があったそうだけど、それはまた別のお話。

店舗特典ＳＳ

人間達の記憶

Memory of Humans

貴重な鑑定

「山田《やまだ》。お前鑑定使えるって本当か？」

学園に登校した俺に、ユーゴーが話しかけてきた。

「ユーゴー王子。山田ではなく、シュレイン王子ですわ」

「わりいわりい。そうだったな、シュレイン王子」

すかさずカティアが名前について訂正する。

それに対してユーゴーは一応謝っているものの、悪びれた様子もなく笑っている。

ユーゴーは何度訂正してもこうやって俺たちのことを前世の名前で呼ぶ。

俺はもう訂正する気にもならないけど、カティアは毎回律義に反応している。

……だから、ユーゴーが面白がってわざと間違え続けてるんじゃないかって、疑ってるんだけどな。

「で？　どうなのよ？」

「あ、ああ。使えるよ」

俺は鑑定のスキルを持っている。

「へえ。マジだったのか。あれだろ？　鑑定ってスキルレベル低いとほとんど何もわかんねえくせに、スキルレベル上げるのがクッソむずいゴミスキルなんだろ？　よくそんなの取ろうと思ったな」

酷《ひど》い言い草だけど、事実なので反論できない。

俺は苦笑したけど、隣でカティアが流れ弾を受けたように顔をしかめていた。

……カティアも鑑定を持っているからな。

そもそも、俺が鑑定を取るきっかけになったのが、カティアとのやり取りだったし。

カティアが鑑定を取ったはいいものの、全くスキルレベルを上げられないと愚痴っていたのがきっかけだ。

鑑定は同じものを鑑定し続けても熟練度は稼げず、必ず違うものを鑑定しなければならない。

しかも、鑑定するごとに頭痛が伴う。

適性がないとこの頭痛がひどくなり、一回の鑑定でダウンしてしまうこともあるそうだ。

そして、一回の鑑定で得られる熟練度は微々たるもの。

カティアが鑑定のスキルレベルを上げるのを諦《あきら》めるのも仕方がない。

「で？　レベルはいくつなんだよ？」

ユーゴーがニヤニヤしながら聞いてくる。

こいつ、からかう気満々だ……。

けど、残念ながら俺の鑑定のスキルレベルは、10だ。

「10」

「あん？」

「だから、10だよ」

「はぁ？」

「だーかーらー！　俺の鑑定のスキルレベルは10だって！」

思わず叫んでしまった。

次の瞬間、教室にいた生徒たちが一斉にこちらを向いた。

「10って、おま！　マジか⁉」

ユーゴーが俺の肩をガッと掴《つか》んでくる。

「うえ⁉　あ、ああ」

その気迫に気おされながら肯定する。

「おま⁉　バッカ！」

ユーゴーは焦ったように周囲を見回し、それから叫んだ。

「いいかお前ら！　今聞いたことは他言無用だからな！　わかったな⁉」

教室にいたクラスメイトたちは無言でコクコクと頷《うなず》いている。

俺はその光景を呆気《あっけ》に取られて見ているだけだ。

……なんか、やっちまったか？

「……お前なぁ」

「今のはシュンが悪いですわ」

呆《あき》れたように俺のことを見てくるユーゴーと、同じく俺が悪いと言ってくるカティア。

「あ、えーと……？」

「こいつわかってねえのかよ……」

「シュン、あなた鑑定のレベル10がどれだけ貴重か、わかってないでしょう？」

そこから、俺はユーゴーとカティアに懇々《こんこん》と鑑定について聞かされた。

曰《いわ》く、鑑定のスキルレベルが上げにくいことは周知の事実であり、仕事で鑑定が必要な人物か、よっぽどのもの好きでもない限り鑑定のスキルレベルを上げている者はいない。

そして、レベル10ともなれば持っているのは世界的に見ても貴重で、そのほとんどは国に直接仕えている。

「なんでかわかるか？　わかんねーよな。この世界じゃスキルだとかを見抜ける鑑定は厄介極まりねーんだよ。だから国としても放置しとくわけにはいかない。従わねーならこうするのもやぶさかじゃねえ」

ユーゴーは言いながら自分の首をかき切る仕草をする。

「ま、お前は王子様だし後ろから刺される心配はねーだろ。だが、あんま吹聴すんなよ？」

ユーゴーの忠告に、俺は黙って頷くことしかできなかった。

「知識チートなんてなかった。いいな?」

それは将来の話をカティアとしていた時のことだ。

俺は仮にも王族なので金稼ぎをする必要はないのだが、必要がないだけでやっちゃいけないわけじゃない。

だからふと、前世の知識を使って何かできないかと思ったのだ。

それに対するカティアの答えが、これだ。

『やけに実感こもってんじゃない』

どことなく威圧感のあるカティアに、フェイがジト目で尋ねる。

「ふ。そりゃ、な」

『あー。やっぱ試して失敗した口なのね』

哀愁が漂うカティアの様子に、すべてを察したとばかりにやれやれと首を振るフェイ。

「違う」

『負け惜しみしなくてもいいわよ』

「いやー。負け惜しみっていうか、自分で傷口に塩塗るような感じだけどさ。そもそも試す前に挫《ざ》折《せつ》してるんだわ……」

「どういうこと？」

「そのまんまの意味さ。知識チートを試そうとしたはいいけど、全部実行に移す前に断念したのさ」

俺とフェイは互いに顔を見合わせ、疑問符を浮かべながら続きを促すべくカティアに向き直った。

「いやさ。俺も公爵家なんていう恵まれた環境に生まれたわけじゃん？　それならいろいろと知識チートとか試したくなるじゃん？」

うんうんと頷く。

その気持ちはよくわかる。

俺もできるならばいろいろとやってみたかった。

残念ながら俺は王族なのに自由があんまりなかったので、そういう試みはできなかったけど。

「で、知識チートをする前にいろいろと調べてみたわけよ」

まあ、当然だな。

知識チートで何かするにしても、競合するものがあったら意味がない。

知識チートというのはつまり、地球にあって、異世界にないものを作ることだ。

異世界転生物の小説なんかでは鉄板だ。

有名どころでは石鹸《せっけん》やマヨネーズなどだな。

そういうのを作って売り、領地の特産にしたり金を稼いだりする展開だ。

カティアは公爵家の人間なので、やるとしたら領地の特産にするケースかな。

「まず、食関連は全滅だ。俺の出る幕じゃない」

「あー、まあ、な……」

食に関してはしょうがない。

カティアの前世、叶多《かなた》が料理ができなかった、とかそういうわけじゃない。

叶多が料理ができたのかどうか、俺は知らないけど、できようができまいが通用しない事情がある。

それは、素材。

そもそもこの世界で食べられているものと、地球のものでは全く違うのだ。

同じ野菜は存在しないいし、肉は魔物肉が主流だ。

地球の料理を再現しようにも、そもそもの材料がないのでどうしようもない。

ちなみに、調理方法に関しても、この世界は焼き、蒸し、炒《いた》め、煮込み、等々、一通りの方法がそろっている。

新しい調理方法で画期的な料理を！　という展開は、残念ながら諦めざるをえない。

「医療関係も全滅だ」

「『あー』」

俺とフェイの声が重なる。

医療関係にしてもこの世界、治療魔法が強すぎて入り込む隙がない。

怪我《けが》は大抵治療魔法でどうにかなるし、ポーションなどもある。

そして、この世界には疫病がないのが大きい。

風邪をひくという表現そのものはあるんだが、その意味は体調を崩すというもので、風邪そのものは現実には存在しない悪霊みたいな扱いだった。

「最後の頼みの綱、日用品も駄目だ。この世界、妙に便利なんだよちくしょう！」

「『あー』」

言われてみれば確かに。

日常で不便を感じたことはあんまりない。

そりゃ、日本に比べれば雲泥の差だが、もっとこうしたい！　ああすれば便利なのに！　というふうに考えたことはないな。

つまり、普段そういう不満を覚えないくらいには、便利な生活を送っているということだ。

日本のように電化製品が普及してるわけじゃないけど、その代わりとして魔道具があるからな。

その魔道具も魔物の素材から作られていたり、スキルによって作られていたりなので、根本が地球の製品とは異なり知識は役に立たない。

「ふ。しょせんは高校生の浅知恵。この世界の先人たちには勝てねえのさ」

カティアのやさぐれた感じの締めに、俺とフェイは何とも言えずに沈黙するしかなかった。

筆頭宮廷魔導士のお仕事

「あんたがロナントか？　話はいろいろ聞いてるぜ」

砦《とりで》にて魔族の再襲撃に備えておった儂《わし》は、このユーゴー王子に呼び出された。

「その武勇をエルフども相手に遺憾なく発揮してくれや」

そして、エルフ討伐のための軍に編入されてしもうた。

魔族との戦闘が続いているこのご時世に、いったい何を考えとるんじゃ？

「へえ」

そして、この少女は何者じゃ？

ユーゴー王子の隣に控える、得体の知れないソフィアと名乗った少女。

こちらを見定めるかのように見つめる目。

その目線に感じた意味が正しいと証明するように、鑑定をかけられたときの独特な不快感が体を駆け抜ける。

許可なく人を鑑定するのはマナー違反じゃ。

あちらが先に仕掛けたのじゃから、こちらもお返ししていいじゃろ。

〈鑑定が妨害されました〉

しかし、返ってきたのはそんな文言。

驚き目を見張るのと、少女が笑みを深くするのは同時。

こやつ……、あのお方と同じことを……。

背筋に冷たい汗が流れる。

儂が鑑定を妨害されたのはこれで二回目。

迷宮の悪夢と呼ばれる蜘蛛《くも》の魔物、あのお方にやられて以来のこと。

ということは、この少女はあのお方と同等ということ、なのか……？

あのお方と同等かまではわからぬが、儂よりも上の領域におることは確かじゃろう。

どうなっておる？

ユーゴー王子の暴走としか思えぬこの派兵に、そのユーゴー王子の隣にいる少女の姿をした化物。

一体全体何が起きているのじゃ？


それから、儂はユーゴー王子の軍に参加しつつ、あの少女の目を盗んで転移を駆使してあちこちに赴き、情報収集に勤《いそ》しんだ。

「なんじゃそりゃ……」

そしてわかったことと言えば、思わずそう呟《つぶや》いてしまうようなことじゃった。

アナレイト王国でクーデター？

第三王子と第四王子が共謀して王を殺害し、第一王子とユーゴー王子がそれを鎮圧した？

なぜそこでユーゴー王子が出てくるんじゃ？

アナレイト王国とユーゴー王子は関係ないじゃろ。

アナレイト王国のスーレシア姫とユーゴー王子が婚約を結んだそうじゃが、どうにも後付けのようじゃし。

第四王子と言えば、数年前にユーゴー王子が一方的に因縁を吹っかけて返り討ちにあったという話を聞いたんじゃが……。

しかもその第四王子は儂の弟子一号であるユリウスの実弟じゃぞ?

ユリウスの話を聞く限りでは王座を狙《ねら》うような人物には思えんのじゃが……。

しかも第四王子の側《そば》に弟子一号の親友じゃったハイリンスの小僧もおるというではないか。

これはきな臭い。実にきな臭い。

なにかよからぬことが起きているのは確実じゃが、それに弟子一号の実弟が巻き込まれておる。

むう。手を貸してやりたいのはやまやまじゃが、あの少女の目があるうちに勝手な行動をとれば何が起こるかわからん。

しかしこのまま何もせずに手をこまねいているのも……。

一度その第四王子とやらを見に、否、見るだけでは駄目じゃな。

少しばかりその実力を試してみるかのう。

最低限そこらの有象無象に倒されることがないと判断できれば、合格点をやってもよかろう。

幸い、捕らえた第三王子の処刑を近々行うそうじゃ。

件の第四王子が弟子一号から聞いている通りの人物であれば、必ずや助けに来るじゃろう。

そこで待ち構え、実力を見る。
なに、儂相手に死ぬようであれば、この先生き残ることはできんじゃろ。
さーて。弟子一号の実弟はどんなもんかのう。

妹のお仕事

私の兄様、アナレイト王国の第四王子、シュレイン・ザガン・アナレイト兄様は、モテる。ものすごくモテる。

それは仕方がないこと。

だって兄様だもの。

完璧《かんぺき》を体現したような兄様がモテるのは世界の真理。

忸怩《じくじ》たるものがあるけれど、私にはどうすることもできない摂理。

兄様がモテることは仕方がないから、せめて近づく女は厳選しないといけない。

兄様は誰《だれ》にでも分け隔てなく優しいから、勘違いした女が熱を上げかねない。

自分にもチャンスがあるのではないかって。

あるわけないじゃない。

兄様とそんな勘違い女たちとでは、格が違いすぎるもの。

そんな勘違い女たちに現実を教えて差し上げるのも、兄様の妹たる私の役目。

別に酷《ひど》いことをしているわけじゃないわ。

内心では死ねばいいのにと思っているけど、彼女たちが傷つくようなことをすれば、兄様が悲しむもの。

だからそれとなく兄様とあなたとでは釣り合っていないのよと教えてあげるのよ。

実際、ほとんどの女は少し囁《ささや》くだけで兄様との格の違いを思い知って自ら身を引いてくれる。

兄様はアナレイト王国の王族男子で、しかも勇者であるユリウス兄様の同母弟。

その立場だけでも常識のある女ならば身分の違いで近づくのも恐れ多いと遠慮する。

それでもめげずにアタックしようとする勘違い女は、兄様の周りにいる女たちが撃退する。

アナレイト王国の公爵家の娘で私たち兄妹とは幼馴染《おさななじみ》のカティア。

聖アレイウス教国の筆頭聖女候補のユーリ。

ついでにエルフの族長の娘のフィリメス。

フィリメスはいないことも多いけれど、だいたいカティアとユーリの二人は兄様のそばにいつもいる。

兄様のそばに私以外の女がいるのは業腹だけれど、カティアもユーリもそこらの有象無象とは比較にならないほど格が高いから、兄様の女避けには最適。

カティアの家柄は公爵家だけど、アナレイト王国は大国だし、他国の王族にも引けを取らない。

さらに幼馴染というアドバンテージもある。

ユーリは勇者と並ぶ人族の最重要人物聖女、その筆頭候補。

それも、現聖女のヤーナ様をすでに超えているのではないかと噂《うわさ》されるほどの逸材。

この二人の間に割って入ろうとする猛者《もさ》はさすがにいない。

兄様とカティアは昔から仲がいいけど、お互いに異性として意識していない。

だから、カティアが兄様のそばにいることはかろうじて許せる。

でも、ユーリ、あれはダメ。

宗教の勧誘を装って兄様に近づくあの女からは、秋波がにじみ出ている。

ユーリの厄介なところは、勘違い女どもと違って身分的には釣り合いがとれていること。

聖女や聖女候補は王侯貴族とまた違った、独自の身分と言える。

特殊であるためどの身分の殿方にも嫁げる。

聖女候補は血筋ではなく、どこまで行っても実力がものをいうため、実力さえあれば教会という巨大な組織の後押しを受けられる。

それこそ実力が伴っていれば、結婚相手に王族から平民まで選び放題できるくらいに。

ユーリはその聖女候補の中でも飛びぬけている。

ユリウス兄様が健在であるうちはユーリが聖女になることはないけれど、現聖女をしのぐとさえ言われるその価値は計り知れない。

教会との関係もあるし、どこの国も欲しがる。

兄様の相手として不足はない。

アナレイト王国としても、兄様の相手にどうかと教会から打診されれば無下《むげ》にできない。

危険。

ユーリは何としてでも排除しないと。

幸い、ユーリはそういう政治的な力を使って兄様にアプローチすることはしていない。

まだ時間はある。
仲がいいふりをして弱みを握って、さりげなく兄様から遠ざけて……。
兄様の隣にいるのは私だけでいいの。

雪山女子トーク

さっむ！

肌を突き刺すような寒さが俺に襲い掛かってくる。

あんまりにも寒すぎると寒いっていうよりかはもはや痛いって感覚になるというが、まさにその状態だ。

俺が寒さに打ち震えていると、ガシッと何者かが俺の腰に抱き着いてきた。

「スー、何をしてますの？」

「寒い。こんなの聞いてない」

「寒いとちゃんと注意されていたでしょうに……」

ガタガタ震えながら俺の防寒着に顔を埋めるスー。

気持ちはわからないでもないが、動きにくいから離れてほしい。

あと、心なしか俺の体温が奪われてる気になってくる。

「スーレシアさん、カルナティアさん。ふざけていないで出発しますよ」

俺とスーに対して年かさの女性教員が注意をしてくる。

別に俺はふざけてなんてないんだが。

なんとなく理不尽なものを感じながらも、スーを引きはがして教員についていく。

「ふふ。怒られちゃいましたね」

ユーリがクスクスと笑う。

俺は憮然《ぶぜん》とした表情にならざるをえなかった。

俺たちは今、校外学習の一環で雪山を登っていた。

班員は俺とスー、そしてユーリの三人。

本来なら四人一班となるところなんだが、女子で参加希望者がこの三人しかいなかったために三人班となった。

男子と女子が分かれている理由は、この雪山で一泊するからだ。

さすがに男女を同じテントの中で寝かせるわけにはいかなかったのだろう。

これが訓練ではなく、実際の行軍だったならばそんなこと言ってられないのだろうが、俺たちはまだ学生の身だからな。

貴族子女が多く通う学園の生徒に、万が一があっちゃいけない。

そういうわけで、今回シュンは別行動だ。

ブラコンのスーや、シュンのことを狙《ねら》ってるっぽいユーリにしてみれば面白くないかもしれない。

「たまにはこういう女子会もいいじゃない」

と、俺の内心を察したかのように、ユーリが楽しげに言ってくる。

「俺は女子カテゴリーでいいのか？」

「今さらじゃない？」

ユーリは最近俺のこと男として見てないよな。

ていうか、まさかとは思うけど俺の前世のこと忘れてないよな？

まあ、前世では男だったわけだけど、そろそろ俺も十代半ばだと考えれば、男やってた年数に女やってる年数が追い付きそうではある。

そういう意味じゃ、仕方がないっちゃないのかもしれない。

俺も女子でいることにいい加減慣れてる気がしてるし。

「その立派なものぶら下げておいて、男は無理があるでしょ」

ジトッとユーリが俺の胸元を見てくる。

……まあ、たしかに、俺は発育がいい、な、うん。

少なくともこの三人の中じゃ俺が一番だ。

ここで余計なことを言えば火に油を注ぐことがわかりきっているので、あいまいな笑みを浮かべてごまかすが。

「……神様、この不信心者に天罰を」

「こえーこと言うなよ」

顔がマジなんだが？

「だってずるくないですか!?」

「そう言われても……」

勝手に育ったもんだから、とか言おうものならマジで天罰（物理）を落とされかねない。

「スーちゃんも何か言ってやってください！」

「何の話？」

俺たちの会話を聞いていなかったスーを巻き込みやがった。

ただでさえ分が悪いのに、二対一になったらさらに劣勢になる！

「これ！　これですよ！　羨《うらや》ましくないですか⁉」

「ちょっと。やめてください」

俺の胸元を平手で軽くパンパン叩《たた》きながらユーリが叫ぶ。

防寒着に阻まれて痛くは全くないのだが、恥ずかしい。

「ふ。そんな脂肪の塊、別に羨ましくもなんともないわ」

「……負け惜しみ？」

ユーリは俺が飲み込んだ言葉を臆面《おくめん》もなく吐き出しやがった。

思っててもそれは言っちゃいけないだろ。

「兄様に好かれるか否か。それがすべて。兄様に嫌われない外見であればそれでいいわ」

ブラコンここに極まれり。

ドン引きだが、ここまで徹底しているといっそすがすがしくすらある。

ちなみにだが、その兄様ことシュンは巨乳好きのむっつりだぞ。

チラチラ俺の胸に視線が来るからな。

元男として自然と視線が吸い寄せられちゃうその気持ちはよーくわかる。

わかるから何も言わないでおいてやってるんだ。

「そうよね！　見た目よりも中身よね！」

グッと両手を握り、気合を入れているユーリには悪いが、ことあるごとに神言教への入信を促してくるユーリのこと、シュンは苦手にしてるからな？

……まあ、二人とも頑張ってくれ。

「……なんかカティアちゃんの顔を無性に殴りたくなりました」

「同意。あの兄様のこと一番わかってるのは私って顔がむかつく」

「理不尽!?」

俺そんな顔してないから！

と、その時、ビューっと冷たい風が吹く。

思わず震え上がる俺に、スーが咄嗟《とっさ》にといった感じで俺に抱き着いてくる。

ちょうど俺の胸にスーの顔が埋まる形で。

「ふわぁ」

なんか妙な声を出してスーがそのままグリグリと顔を押し付けてくる。

「……前言撤回するわ。この寒さを和らげるためにも余計な脂肪は必要」

「余計ではありません」

言い方を考えろ言い方を。

「ふーん？　つまりカティアちゃんにとってそれは必要なものなんだ？　ふーん？」

ジト目で見つめてくるユーリに、俺はギクッとして何も言い返せなくなった。

そりゃ、俺も元男ですし？

ないよりかはあったほうが嬉《うれ》しい。

と、内心でごにょごにょと言い訳をしてみる。

「あなたたち！　もう少し緊張感を持ちなさい！」

教員に怒られてしまった。

まあ、こんだけ騒いでればしょうがないか。

いや、主に騒いでるのはユーリとスーだから俺はとばっちりじゃね？

さっき怒られた時もそうだけど、やっぱちょっと理不尽なものを感じるぞ。

……そういえば、この教員の胸部装甲はだいぶ控えめだったな。

まさかそれが理由じゃないよな？　……ないと思いたい。

「それにしても、ここまで寒いとは予想外ですわね」

この校外学習に参加したことのある先輩から寒い寒いとは聞いていたが、予想以上だ。

「例年だとこれほどでもないはずですが、この山の主の機嫌が悪いのかもしれませんね」

教員が眉根《まゆね》を寄せて不穏な情報を追加してくる。

「それは、大丈夫なんですの？」

「この山の主に人が襲われたことはありませんので、おそらく大丈夫でしょう」

そうは言っても、この山の主は魔物だぞ？

この山の主は、名のある氷龍だ。

雪山の大半は氷龍の縄張りとなっている。

というか、氷龍がいるから雪山になるというべきか。

有名どころで言えば人族領と魔族領を隔てる魔の山脈なんかも氷龍の住処《すみか》らしい。

ここはそこまで大きな山ではないが、昔から一頭の氷龍が住み着いている。

「……そういえば、ここの氷龍は男好きで、逆に胸の大きな女は嫌いだとか」

「眉唾物《まゆつばもの》の噂《うわさ》ですわ」

ユーリの話を鼻で笑う。

ろくに出会うことさえできない氷龍の性癖が知られてるわけないだろう。

「でももしそれが本当なら、この寒さの原因は……」

そう言ってユーリの視線が俺の胸元にいく。

「……前言さらに撤回。やっぱり無駄な脂肪はいらない」

「いります!　いるものなんです!」

「あー!　やっぱり密《ひそ》かに自慢に思ってたんですね!」

「あなたたち!　いい加減になさい!」

ぎゃいぎゃい騒ぎながら、雪山を進む。

たまにはこういう騒がしいのもいいかもしれないな。

クニヒコの幼馴染《おさななじみ》考察

俺の幼馴染がかわいい。

尋常じゃなくかわいい。

剣と魔法のファンタジー世界に転生して、一番神様に感謝したいのは、幼馴染がそばにいてしかもめちゃくちゃかわいいってことだ！

俺の幼馴染、アサカは前世からの幼馴染だ。

前世で幼馴染。そして今世でも幼馴染。

前世では別に付き合ってたわけじゃない。

けど、お互いの両親は「どうせお前らくっつくんだろ」って空気を出してて、俺もアサカも否定してなかったし、たぶんあのまま行けばそういうことになってたと思う。

将来の嫁さんが半分決まってて、仕事もオヤジの家業を継ぐつもりだったからこれまた決まってた。

それが嫌だったわけじゃねえけど、人生のレールが決定されてて物足りない気分になったのは確かだ。

だからだろう。俺が冒険することに憧《あこが》れたのは。

そんな俺と対照的に、アサカは堅実な安定志向の持ち主だ。

日々を平穏無事に過ごすことを何よりも至上にしている。

ぶっちゃけると、アサカが俺との仲を否定しなかったのは、それが一番波風立たないからだろうと思ってる。

俺はお世辞にもかっこいい男だったわけじゃないし、中身もアサカみたいに大人びてるわけでもない。

もてる要素がねえ。

だから、いつかアサカに他の男ができるんじゃないかと、そんな不安はあった。

まあ、そうしたらその時はその時。

しょうがない。

もともと付き合ってたわけじゃないしな。

アサカは幼馴染のひいき目を抜きにしてもいい女だ。

特別美人ってわけじゃなかったけど、問題は中身だ。

過度に自分の主張を押し付けてくることもないし、かといってほったらかしにするでもなくさりげない気配りができる。

なんというか、女は男の三歩後ろを黙って歩け、的な、そんな一部の男が理想とする女を素で体現してるんだよな。

俺にはもったいないくらいだ。

そんな幼馴染が、一緒に転生して、俺のそばにいる！

しかも、美少女になって！

俺にべったりくっついて！

わかってる。

これはいわゆるつり橋効果みたいなもんだ。

安定志向のアサカが、異世界転生なんて安定とは程遠い事態にさらされりゃ、そりゃ顔なじみの俺に頼りたくもなるさ。

俺だってアサカがいたから平静を保てたってのもあるし、お互いの存在が支えになってるんだろう。

たまたまアサカの相手が俺だったってだけで、別の顔見知りだったらそいつとよろしくやってたはずだ。

……別の男と、アサカが。

ぬおー！　そんなの許せねえ！

まあ、イフの話をしてもしょうがねえ。

今アサカの隣にいるのは俺！

これはもはや運命だろ！

前世じゃクールで大人びてたアサカが、どこへ行くにも俺にくっついてくるんだぞ⁉

離れると寂しくて死んじゃうって顔するんだぞ⁉

なんだよこれ。

かわいすぎるだろ。
なんだこのかわいい生き物は？
これが萌《も》えってやつか？
アサカは俺のことを萌え死にさせる気か？
もう腐れ縁の幼馴染なんて言ってられない。
アサカ以外とゴールする未来が見えない。
絶対他の男にアサカはやらん。

アサカの幼馴染考察

異世界転生なんてものをした。

それも、幼馴染であるクニヒコと一緒に。

あたしとクニヒコの関係は、幼馴染で腐れ縁。

残念ながら甘酸っぱい関係では一切なかった。

なんていうか、距離感が近すぎて、家族みたいなもんだから恋愛感情というものを抱いたことはなかった。

ただ、大人たちからは熟年夫婦みたいだ、なんて言われてて、なんとなく、将来はそのままクニヒコとくっつく未来が見えていたのは確かかかな。

ドラマチックなことは一切なく、なあなあで。

それはそれでいいかって思ってた。

人からはクールだってよく言われるあたしだけど、面倒くさがりなだけなんだと自分では思ってる。

波風のたつような人生よりも、平坦《へいたん》な既定路線のほうがずっと楽だもん。

だから、特に恋愛感情のないクニヒコとでも、結婚して専業主婦になることに文句はなかった。

だけど、そんな既定路線は異世界転生なんていう、平坦とは程遠い大事件のせいで大幅に変わっちゃった。

……クニヒコと結婚しそうっていうのだけは、変わってないけど。

そりゃ、あたしだって少しくらいはロマンとかそういうのに興味ある。

世界をまたいで、幼馴染が同じ場所に生まれ変わったなんて、そんなの運命感じずにはいられないじゃん。

これで意識しないほうがおかしいと思う。

しかも、クニヒコのやつ、無駄にイケメンになってるんだもん。

まだ幼いから、中身も相まってやんちゃ坊主って感じだけど、わかる。

この顔は将来かなりのイケメンになる。

だってすでにかなり整った顔立ちしてるし、クニヒコの両親がもう美男美女なんだもの。

前世のクニヒコはこんなイケメンじゃなかった。

ブサイクってわけでもなかったけど、いわゆるフツメンだった。

あたしも人のことは言えないけど。

だから、酷《ひど》い言い草かもしれないけど、安心感があった。

そばにいて身構える必要がなかった。

それなのに、転生してからのクニヒコは無駄にイケメンで、しかも転生前と同じ距離感で接してくる。

近い。

不覚にも不意に近づかれると、ドキッとさせられる。
心臓に悪い。
そう。クニヒコは距離感が近い。
隣を歩く時は体が触れ合うくらいの距離だし、ボディタッチも普通にしてくる。
人のパーソナルスペースにかなりずかずかと侵入してくる。
これはまずい。
あたしはいい。
転生前からそうだし、今さらだから慣れた。
それでも不意打ちされるとドキッとするけど。
けど、他の子にも同じようにしてたら、絶対に勘違いさせる。
イケメンがぐいぐい来たら、そりゃ女の子は舞い上がっちゃうさ。
これは今のうちに直させておかないと、成長した時に困ることになる。
女の子に刺される幼馴染なんてごめんだ。
それに、そういう想像をすると、モヤッとする。
「だから、距離感を考えなさいよ？」
「あー。ああ」
ということをクニヒコに説明したんだけど、返ってきたのは気の抜けた返事だった。
頭をポリポリかいて、心なしか顔を赤くしている。

「あのな。アサカ以外にそんなことしないっての」

「へ？」

あたしが間抜けな返事をすると、クニヒコはますます顔を赤くさせた。

「あー！　わかれよ！　俺が近づくのはアサカだけ！　アサカだから！　わかったか⁉」

「あ、うん」

今度はあたしが気の抜けた返事をする番だった。

そして、クニヒコの言った言葉の意味が頭の中にじわじわとしみ込んできて。

「～～！」

たぶんあたしの顔は、クニヒコと同じくらい真《ま》っ赤《か》になってると思う。

勇者の弟と聖女と勇者

その日、俺はユリウス兄様と城の庭園を散歩していた。

そしてもう一人、聖女のヤーナさん。

聖女のヤーナさんの話は兄様から聞いていたけれど、実際に会うのは今日が初めてだ。

「シュレイン様はユリウスと顔立ちはあまり似ていらっしゃらないんですね」

ヤーナさんの素直な感想に、俺は苦笑してしまう。

俺としては似ていると言われたほうが嬉《うれ》しかったんだが、残念ながらヤーナさんの言うとおりだ。

「シュンでいいですよ」

ユリウス兄様のことは呼び捨てなのに、俺のことは様付けというのは違和感がある。

「そうなんだよ。僕よりもシュンのほうが男前だろ？」

「そんなことないですよ！」

全力で否定するヤーナさんの態度を見て、いろいろと察する。

この人、兄様のことが好きなのか。

「そう？　ほら、僕は母上に似て目尻が垂れているだろう？　シュンのほうがきりっとしてるじゃないか」

兄様の言うとおり、兄様は兄弟の中では珍しく垂れ目だ。

父上がつり目で、俺含め兄弟はみんなつり目気味だ。

「ユリウスのお顔は包容力の表れなんですよ！」

ヤーナさんの言葉に俺もうんうんと頷《うなず》く。

その優し気な顔立ちは、そのまま兄様の人柄をよく表している。

対する俺はと言うと、つり目なのにどことなくなよっとした印象を与えてしまう。

優し気だけど、芯《しん》のしっかりしている印象の兄様と、一見きりっとしてるように見えるけど、どことなく頼りない感じの俺。

まさしく内面をそのまま表しているな……。

そういう意味でも俺より兄様のほうが男前というヤーナさんの評は納得できる。

「ユリウスの男前度はすさまじいものがあります」

「わかります。わかります」

「わかりますか！　この間もですね……」

「その話詳しく」

「……しまった。この二人は引き合わせちゃいけなかったか？」

兄様のここがすごい談議に花を咲かせる俺とヤーナさん。

その様子を見て兄様が天を仰ぎ見た。

そうして談笑しながら庭園を歩く。

王城の庭園は広く、庭師によって花が植えられていて、見ていて飽きない。

前世では花になんて興味はなかったけど、色とりどりの花々が咲き乱れるこの庭園を見ると、もったいないことをしたかもしれないと思える。

四季折々の花を楽しめる日本だったら、この庭園にも勝るところがあったかもしれない。

そういうところをめぐるなんていう考えは、インドア派だった俺にはなかった。

とはいえ、外は外で大変なこともある。

その一つが、虫だった。

「ひゃあ⁉」

一匹の虫がヤーナさんの目の前を飛んでいく。

庭園の花に誘われた虫がこうしてくるのは珍しいことじゃない。

ただ、運が悪いのか何なのか、その虫はヤーナさんの周囲をブンブンとまとわりつくように飛び回っている。

ヤーナさんは虫が苦手なのか、必死の形相で手を振り回して虫を追い払おうとしている。

「いい加減に！」

見かねた兄様が手で虫を追い払おうとした瞬間、ヤーナさんの手から光弾が発射された。

指先くらいの大きさの虫に対して、光弾の大きさは俺が両手を広げたくらいの直径。

虫は光弾に飲み込まれて跡形もなく消滅した。

……明らかなオーバーキルだ。

光弾は斜め上に放たれたため、城壁などに当たることはなかったけど、もし当たっていたら大惨事だったに違いない。

「わ、私ったら……」

本人もそれに思い至ったのか顔を青くしている。

俺の中でヤーナさんの印象がお転婆だと確定した瞬間だった。

母の思い出

ある日、シュンとスーの部屋に赴くと、そこには懐かしいものがあった。

「これ、まだあったんだね」

懐かしくなって僕はそれを思わず手に取っていた。

それは色あせてボロボロになった子供向けの本だった。

「その本がどうかしましたか？」

不思議そうに尋ねてくるシュン。

「これはね、もともとは僕のものだったんだ」

勇者を題材にしたこの本は、僕が母上に読み聞かせてもらったものだ。

僕はこの本がお気に入りで、何度も母上に読んでほしいとせがんだのだった。

そんな思い出があり、思わず笑みが浮かぶ。

「僕はもう読まなくなったものだけど、母上との思い出の品だったから捨てることもできなくてね。

それならばとシュンたちにあげたんだ」

「そうだったんですか！　知らなかった」

シュンとスーの二人は、正妃の意向で最低限のものしか与えられていない。

娯楽品も、教育も。

だから少しでもためになればと思い、この本を含め僕はシュンとスーにいろいろなものをプレゼントしている。

どうやら僕からのものだということは伏せられていたようだけど。

それを伏せていた理由は、僕とシュンを必要以上に結び付けないようにするため、かな?

「母上との……。そんな大事なものを、俺がもらってもよかったんですか?」

「いいんだよ。物は使われてこそだ」

少し、しまったなと思った。

母上はシュンが生まれてすぐ亡くなられてしまった。

だから、シュンは母上のことを知らない。

母という存在を知らないシュンに、母上のことを話すべきではないのではないかと思い、僕は今までその話題を避けてきた。

「この本、俺も好きです」

僕のそんな思いを知ってか知らずか、シュンはそれ以上母上のことには触れなかった。

「この本の主人公がかっこよくて」

「僕もこの本が好きで、この本に描かれている勇者のような立派な大人になろうと思ったんだ。シュンやスーが僕と同じような思いになれたのならば、譲った甲斐《かい》もあるよ」

本当にそう思う。

僕の憧《あこが》れたこの本の主人公が、シュンやスーにとっても憧れになるというのは、なんだかとても素敵なことのように思えた。

「でも、兄様のほうがこの本の主人公よりもかっこいいです」

恥ずかしげもなくそんなことを言ってくるシュンに、僕は何とも気恥ずかしい思いにさせられた。

「僕がかっこいいんじゃないよ。この本のようなかっこいい主人公を目指してるからそう見えるんだ」

「そんなことないです！　もう兄様はこの本の主人公より断然かっこよくなってますから！」

うーん。そう言ってもらえるのは嬉しい半面、かなり気恥ずかしいぞ。

「そうであれば嬉しいな。きっと母上は、僕にこの本の主人公のようになってほしいと願っていただろうから」

今も目を閉じれば、母上の優しく語り聞かせる声が思い出せる。

シュンはその母上のことを知らない。

けど、その母上の願いはこの本に今も息づいていて、この本を通じてシュンにも届いている。

この本の主人公は実在の過去の勇者をモデルにしている。

僕はその勇者のことを知らないけれど、その勇者の思いはこの本になって受け継がれているんだ。

その人が生きた証《あかし》として。

「シュン、母上のこと、話すよ」

そう思うと、シュンに母上のことをもっと知ってもらいたくなった。

僕にとって、母上は僕の勇者だったから。

悪夢の思い出

ある日のこと、僕は久しぶりに王国に帰郷しており、シュンとスーと三人でお茶を飲んでいた。

「そこで僕の魔法が当たってね、動きの止まったところにジスカンが斧《おの》を叩《たた》きこんでとどめを刺したんだ」

「はー。すごいですね！」

僕がシュンたちに語って聞かせているのは、ついこの間討伐した魔物との戦いの様子だ。

シュンはそれを真剣に聞き、スーは興味なさげにシュンのペットである地竜の子供のフェイにお菓子をあげている。

だいたいシュンに会うと僕のことが聞きたいとせがまれ、こうして話すことになってしまう。

僕としては自分の活躍をひけらかしているようで、話している間はむず痒《がゆ》い思いをしているんだけど、シュンに期待に満ちた目で見つめられるとどうしても断ることができない。

まあ、たいていあったことをそのまま話すだけでシュンは満足してくれるので、僕としては変に見栄を張らなくてもいいから気が楽と言えばそうだけれど。

ただ、少しくらい話を盛ったほうがいいんじゃないかと、ちょっと心配になる時もある。

だいたい僕の話って、剣で切るか魔法を当てて倒すかで、割と単調なものになっちゃうから。

「いつ聞いても兄様は一発で相手を仕留めてます。圧倒的ですごいです！」

どうやら話を盛る必要はなさそうだ。

でも、シュンがキラキラした目で見つめてくるところ申し訳ないけれど、僕だって無敵ってわけじゃない。

「それは僕が戦ってる相手が僕よりもかなり弱いからだよ」

「つまり兄様が最強ってことですね！」

「いやいや。僕は最強なんかじゃないよ。師匠にはボッコボコにされたし、魔物にだって負けたことがある」

苦笑しながら訂正する。

どうにもシュンは僕のことを過大評価している節がある。

僕はたしかに強い部類に入るだろう。

だけど、僕よりも強い存在はいる。

「え⁉　兄様が魔物に⁉」

シュンがびっくりしたように目を見開く。

そういえば、この話はしたことがなかったっけ。

「うん。迷宮の悪夢っていう魔物だよ。まるで魔王みたいな恐ろしい魔物だった」

今でもあの時の地獄のような光景は忘れられない。

人が簡単に死んでいく。

それをたった一匹の魔物がなしているという、恐怖。

「そんな魔物が……」

「ああ、と言ってもそれが最後に姿を見せたのはもう七年も前のことだし、おそらく死んだってことになってるけどね」

とは言え、僕はあの迷宮の悪夢がそう簡単に死んだとは思えない。

今もどこかで生きているのではないかと、不安でしょうがない。

「七年？　あれ？　ということはその時の兄様の年齢は……」

「えっと、八歳だね」

「なーんだ」

シュンが安心したように苦笑を浮かべる。

「そんな小さい時の負けなんてノーカンですよ」

「ノーカン？」

「あ、えっと、数に数えないって意味です」

シュンは時々こうして僕の知らない言葉を使う。

ノーカン、つまりシュンは僕が幼すぎてまだ今ほど強くはなかったから、迷宮の悪夢に敗北したのは仕方がないと言いたいのだろうか。

確かに、あの頃《ころ》は今よりも弱かった。

でも、今迷宮の悪夢と戦って勝てると、僕は言うことができない。

どうしても、あれに勝てる想像が僕にはできなかった。

だから無言で苦笑を浮かべるにとどめる。
僕だって、負けると口にしないくらいの見栄は張りたいんだ。
シュンはそれで迷宮の悪夢への興味を完全に失ったようだった。

師匠の思い出

ある日、僕はシュンとスーが魔力制御の訓練をしているところに出くわした。

たまたま中庭の近くを通りかかったところ、そこからかなり大きな魔力を感じたのだ。

何事かと見に行ってみれば、シュンとスーが訓練をしていたというわけだ。

「いや、すごいね」

「兄様⁉」

思わず声をかけてしまうと、シュンが驚いて魔力を霧散させてしまった。

スーのほうはと言えば、むすっとした表情で魔力を引っ込めていた。

二人を監督していたらしいメイドのアナが目立たないように後ろに下がる。

このまま何もせず立ち去るのはちょっと気が引ける状況になってしまった。

「やあ、邪魔しちゃったかな？」

「いえ！　そんなことありません！」

ここで邪魔だと言われればそのまま立ち去ることもできたんだけど、シュンはとんでもないとばかりに否定してきた。

邪魔と言われたらそれはそれで悲しいけど。

「それにしても、その年でこれだけ魔力の制御ができるなんて。二人ともすごいじゃないか」

僕が褒めると、シュンは嬉《うれ》しそうに笑みを浮かべ、スーは表情こそ変わらないけどどこか誇らしげに胸を張っている。

「魔法に大切なのは魔力操作のスキルだ。今のうちにスキルレベルを上げておけば、将来すごい魔法使いになれるかもしれないよ」

今でも二人の魔力操作のスキルレベルはかなり高そうだけど、もっともっと鍛えればさらに伸びていくだろう。

「ちょっと前まで魔力操作のスキルレベルはあんまり重要視されていなかったんだけどね」

「ああ。兄様のお師匠様が魔法の体系を一新させたんでしたっけ？」

「そうだよ」

僕の師匠、ロナント様。

ロナント様が提唱した魔法の威力の増加方法は、魔法界に激震をもたらした。

それまで魔法というものは威力固定のものだと思われていた。

しかし、師匠は魔力操作のスキルレベルを上げ、魔法に魔力を上乗せすることで魔法の威力を上げられると実証した。

そしてそれには魔力操作の高いスキルレベルが必要であることも。

それまで魔力操作のスキルは魔法を放つための前提スキルではあるものの、それ以上の価値はなく、わざわざスキルレベルを上げることもないものとして捉《とら》えられてきた。

それが一転。

ロナント様の提唱した理論によって一気に重要スキルとなったのだ。

魔法使いたちはこぞって魔力操作のスキルレベルを上げるために訓練し始めた、というわけだ。

「おかげで師匠のところには世界中の魔法使いが弟子入りを希望して集まってるそうだよ」

「へえ」

ありがたいことに僕はその弟子一号ということになっている。

「じゃあ、俺もいつかその人に魔法を教わりたいですね」

そう言ったシュンの肩をがっしり掴《つか》む。

「やめるんだ」

「え？　え？」

「あの人から魔法を習おうなんて考えたら駄目だ」

ロナント様に魔法を教わろうなんて思ったら、命がいくつあっても足りない。

あの人は自身の修行を地獄の特訓などと称していたけど、地獄の特訓ではなく、地獄に送る特訓の間違いだと僕は思っている。

つまりあの人の特訓をまともに受けると人は死ぬ。

「あの人は確かにすごい人だけど、あれは人の常識をかなぐり捨ててるからああなったんだ。いいかい？　すごいけど、人としてはまともじゃないんだ」

「あ、はい」

僕の必死の思いが伝わったのか、シュンは目を白黒させながらも頷《うなず》いてくれた。

しかし、シュンとスーの才能は本物だ。

もしロナント様に目をつけられたら、拉致《らち》されてあの地獄に送る特訓の餌食になるかもしれない。

ロナント様はそうそう帝国から離れられないはずだけど、注意はしておこう。

なにせ、相手はあの常識の通じないロナント様だ。

僕はこの時、シュンとスーにはロナント様を絶対会わせないようにしようと心に誓った。

店舗特典SS

「私」の記憶

Memory of "I"

キック

キック。

それはパンチと並ぶ素手による格闘技の基本の一つ。

武器を使わない原始的な争いにおいて、これほど重要なものはパンチ以外にないだろう。

そして、今の私は丸腰。

だって、まっぱで転生してんだからそりゃそうよ。

蜘蛛《くも》だしな！

なんで蜘蛛やねん。

しかーし、なっちまったもんはしょうがない。

ここは嘆く前に蜘蛛の利点を探そうじゃありませんか。

蜘蛛といえば、そう、足が八本もある。

これを生かしてキック主体の戦法を確立できないか？

ということで、冒頭のキックの話になる。

さて、キックの利点は何か？

まずパンチと比較した場合、キックはリーチと威力に優れる。

リーチについては言うまでもない。人間は手よりも足のほうが長いからね。

で、威力についてなんだけど、足ってもともとは人間の体全体を支えてるもんだからね。

その分筋肉やら骨やらが手よりも発達してて、それが威力に繋《つな》がってくる。

対してパンチよりも劣っている部分は何か？

まずは出の速さ。

パンチに比べてキックはどうしても大振りになりがちだから、隙ができやすい。

それと連動するけど、安定感は欠ける。

さっきも言ったようにもともと人間って足で体全体を支えてるからね。

その足を攻撃に使っちゃったら、体の支えを一時的に放棄しちゃうんだから、安定感はどうしても犠牲にせざるをえない。

ただし、これは人間ならばの話。

人間は足が二本しかないのに対して、こっちは足が八本もある！

そのうちの一本をキックに使おうが、安定感が失われることはない。

ていうか、勝手に足って判断してるけど、前足は手みたいなもんだしなぁ。

そう考えると前足で放つのはキックじゃなくてパンチになるのか？

……深く考えても答え出ないし、ぶっちゃけどうでもいいことだから忘れよう。

これは足！　そしてキック！

そういうことにしておこう。

話を戻して、っと。

じゃあ、ちょっと練習してみよう。

シャドーボクシング、ならぬ、シャドー、……キックって何になるんだ?

知らない。

……まあ、これもいくら考えたところで答えが出るもんでもないし忘れよう。

とりあえず練習だ練習!

せい!　へや!　とあー!

ぜー。ぜー。

これ結構疲れるぞ!

しかもわかる。わかってしまう。

自分のものすごい不格好さが!

くっ!　うすうすはそうなんじゃないかって思ってたけど、これではっきりとしてしまった!

蜘蛛ってそもそもキックができる体してねえ!

そうだよなー。

キックって人間が編み出した技だもんなー。

そりゃ、人間の体で使うのを想定してるわけで、蜘蛛が使うなんて想定してないわなー。

ぐぬぬぬぬ!

いや!　諦《あきら》めるのはまだ早い!

不格好でもそれなりの威力は出てるかもしれないし!

ちょっと試しに壁を軽く蹴《け》ってみよう。
てい！　……いっだ――――！！！
なんかペキっていった！
なんか人体、じゃなかった！　蜘蛛体からしちゃいけない音が聞こえた！
折れた？　これ折れてる？
……よかった。折れてはいない。
しかし、ダメだこれ。
ちょっと私自身の貧弱さを甘く見ていたよ。
確かに細っこい足だとは思ったけど、ここまで脆《もろ》いとは……。
うん、キックは封印だな。

日本の夏とどっちがましかって話

熱い。
暑い、じゃなくて熱い。
私は今、エルロー大迷宮の中層とかいう場所にいる。
この中層がどういうとこなのかというと、あっつあつのマグマ地帯！
バカじゃねーの？
生物が生存できる環境じゃないってこれ。
でも、そんな中層を突破しなければ、私は元いた上層には帰れないのだ……。
つらい。
ないわー。
ここに比べれば日本の夏のほうがまだましだね。
……イヤ、ホントにそうか？
思い出せ。
あの日本の夏の過酷さを。
私は基本クーラーのガンガンに効いた室内にいることがほとんどだった。
が！　しかし！

登校する時は別！

イヤでも外に出なければならない。

涼しい室内から外に出た時のあの、むわっと押し寄せてくる熱気。

肌にへばりついてくるような湿気。

そしてこっちを焼き殺してやろうという気概さえ感じられる直射日光。

アスファルトからは陽炎《かげろう》が立ち上り、それを視認した時には体感温度が上がること必至。

耳に飛び込んでくるのは最期の気力を振り絞って鳴く蝉の声。

あれは元気に鳴いてるんじゃない。

悲鳴を上げているんだ！

そうとしか思えないよね。

日本の真夏の気温って人の体温と同じかそれ以上なんだよ？

つまりそれって常に誰かに抱き着かれてるようなもんじゃん。

ないわー。

気持ちわる。

正気の沙汰《さた》じゃないって。

日本の夏、恐るべし。

対してこの中層はどうか？

そこかしこにマグマが流れている。

その光景からわかるように、クッソ熱い。

温度計がないから正確な気温はわからないけど、マグマって何千度とかそんなもんでしょ？

それがすぐそこにあるってことは……。

察するよね。

ていうかね、そのマグマの熱が地面に伝わってるんだよね。

つまりだ、足メッチャ熱い！

気分的にはフライパンの上で焼かれてるような感じ。

直火焼きだよ！

イヤ、直火ではないのか。

まあ、気分の問題だから細かいことはいいや。

こっからもわかるとおり、温度だけなら中層のほうが日本の夏より断然高い。

ただ、湿気はないから不快感は少なめ。

ついでに言えば火耐性のおかげでその気温にもある程度耐えられる。

そう考えればスキルとかなくて、もう耐える術がない日本の夏のほうが恐ろしいかもしれない。

え？　その結論でいいのか？

その結論だと異世界のマグマゾーンよりも日本の夏のほうが過酷ってことになっちゃうんだけど？

イヤイヤイヤ。

さすがにそれはないっしょ。

ほら、この中層って火耐性ないとそもそもいるだけで死ぬし。

火耐性ないと冗談抜きで焼けるからね。

日本の夏は死ぬほどやばいけど、中層みたいに確実に死ぬってわけじゃないから！

……なんで私は日本の夏の擁護をこんな必死になってやってるんだ？

……もうどっちもつらいって結論でよくね？

同じ「あつい」でも、日本の夏は「暑い」で、中層は「熱い」って違いということで。

中層も火耐性がなければ死ぬけど、日本の夏もクーラーがなければ私は死んでた自信があるぞ！

結論、どっちもつらい。

まあ、環境的にはどっちもつらいって結論が出てしまったわけだけど、日本の夏と中層の最大の違いって魔物がいるかどうかってことだよね。

生物が生息できる環境じゃないだろって思う中層だけど、そんなところにも魔物はしっかりちゃっかりいるんだよなー、これが。

この環境に適合して生きてるとか、魔物ってスゲーよ。

尊敬するよ。

だから襲ってこないでほしいなって！

この環境だけでも十分殺しに来てるっていうのに、さらに魔物まで襲い掛かってくるんだもんなー。

きついっす。つらいっす。

これは日本の夏にはないね。

……あ、イヤ、いたわ。

日本の夏にも襲い掛かってくるヤベー魔物が。

その魔物の名前は、蚊！

そう、人の生き血を啜《すす》る恐るべき魔物だ！

奴らは隠密が得意で、こちらに気づかれることなく忍び寄り、肌を突き刺し生き血を啜る！

吸われた人間はそれに気付くこともなく、後遺症が出始めて初めて被害にあったことがわかる。

蚊の恐ろしいところは酷《ひど》い後遺症を残していくことだ。

その後遺症は吸われた人間を苛《さいな》む。

これだけ聞くと蚊ってどんだけヤバイ魔物なんだよって思うけど、実際はちっさい虫なんだけどね。

後遺症ってヤバめな言い方してるけど、腫《は》れてかゆくなるってだけだし。

ただその恐ろしさは本物よ？

なんていったって人を殺している生物ランキングぶっちぎりの一位だからね！

あいつら病原菌運んでくるんだもん。

血を吸うことによってその病原菌をうつしてくれやがるのですよ。

この中層の魔物みたいに目に見えた脅威じゃないけど、蚊も十分脅威となる魔物だと思うんだ。

……あれ？

そう考えるとやっぱり日本の夏ってこの中層と危険度あんま変わらない？

……やっぱ日本の夏ってつらいわー。

まあ、私はもうその日本の夏の過酷さを体験することはないわけだが。

日本の諸君よ！

私はこの中層で頑張るから、日本の諸君も夏を乗り越えてくれ！

魔物食

魔物食。

それだけ聞くと何ともゲテモノ臭がするけど、この世界では魔物食は一般的だったりする。

食卓に上がる肉の半分は魔物のものだからね。

それくらい一般的に普及してる。

というか厳密に言うと、残りの半分も魔物っちゃ魔物だから、魔物率一〇〇％なんだよなー。

この世界で魔物と動物の違いは、ぶっちゃけない。

魔物だろうが動物だろうがスキル持っててステータスもあるからね。

よくファンタジー系の世界では魔力のあるなしで分けたりするけど、この世界ではその法則は通用しないんっすよ。

まあ、Dデザインの魔物と、もともとこの世界に生息していた動物が環境に適応しようとして進化したのとで、系統は分けられそうだけど。

ただ、もうどっちも混ざり合っちゃって、どっちがどっちかなんてわかんないんだけどね。

だから、比較的無害なのを動物、それ以外を魔物って呼んでるだけ。

でだ、その魔物は食用として一般に流通してる。

食肉用の動物ももちろん飼育されてるけど、それと同等以上の量の魔物肉が市場に流れてるわけ。

まあ、これにはちゃんとした理由がある。

だって、魔物は倒さないと襲い掛かってくるんだもん。

魔物はその性質上、どうしても人を襲うようにできている。

襲い掛かってくるんだから、返り討ちにしないといけない。

定期的に間引かないと数が増えてスタンピードを起こすことだってある。

というわけで、好むと好まざるとにかかわらず魔物は倒さなきゃならんのです。

で、倒すじゃん？

肉は食えるじゃん？

あとはわかるね？

ま、資源の有効活用ってわけですよ。

もちろん本命は襲い掛かってくる魔物からの自衛だから、ムリしてまで魔物肉を食べることはない。

毒入りの奴《やつ》とかな！

蛙、お前のことだよ！

魔物肉が一般に普及するくらいなのに、どうして私の生まれたところにはまともに食える魔物がいなかったんでしょうねぇ？

不思議だ。とてもとても不思議だ。

まあ、過ぎたことをうだうだ言ってもしょうがない。

エルロー大迷宮みたいにほとんどの魔物が食えたもんじゃないっていうのは珍しいけど、毒ありとか、まずくて食えたもんじゃないとかの理由で食べられない魔物もいる。

それに、どうしても食肉用に飼われている動物のものよりかは味が落ちる。

討伐したついでに持って帰ってくるものだし、味も微妙とあって、お値段は非常にリーズナブル。

安い！　多い！

なんかそんなフレーズが浮かんできそうになるけど、間違っちゃいない。

市民の間では安くて量が多い魔物肉はとても重宝している。

中には周辺に生息している魔物の肉を主産業にしている街もあるってんだから、その影響の大きさがうかがえるってもんよ。

しかし、魔物肉は安いものばっかかじゃない。

食肉用よりもうまい魔物もいたり、珍しい魔物は味に関係なく高くなったりする。

強くて倒しにくい魔物の肉なんかは値段が上がりやすい。

そりゃ苦労して倒したんだからその分値段も上げたくなるわな。

そういう魔物肉はまずくても人気があったりするんだよなー。

別に強い魔物の肉だからって、食べてもステータスが上がったりとかそういうことはないんだけど、ゲン担ぎみたいなもんなのかね。

私にとっては珍味だろうが何だろうがうまければそれでいいんだけど。

珍味でうまいと言えば、やっぱ中層のナマズとか鰻《うなぎ》。

竜だね。うむ、竜か。

龍はどうだろう？

「たまに、背筋に悪寒が走るのだが」

闇龍レイセがひきつった笑みを浮かべながらそんなことを言っていた。

きっと気のせいだよー？

天気

エルロー大迷宮の外に出て思ったこと、それは天気について。

そりゃね、外に出たら天気の影響もあるわな。

大迷宮の中は地下の洞窟《どうくつ》ってこともあって、天気の影響を全く受けなかった。

上層だと気温は暑くも寒くもないほど良い感じ。

中層だと暑い、ていうか熱い。

下層は若干肌寒いかな。

そんな感じで層ごとに気温が変化するくらいで、それ以外の変化がない。

風も吹かないし、雨が降ってくることもない。

まあ、超巨大な密閉空間みたいなもんだから当たり前なんだけど。

けど、外に出ればもちろん雨風もあるわけで。

同じように昼夜の差があるっていうのはちょっとした感動ものだった。

大迷宮の中だとそれすらわからんからね。

おかげで私はいったいどのくらいの期間、大迷宮の中にいたのか自分自身よくわかってない。

昼も夜もなくて時間の経過具合がわかんなかったからね。

太陽の眩《まぶ》しさを感じた時の感動はちょっと言葉では言い表せない。

夜になったら夜になったで月が綺麗《きれい》だったし。

この世界月が複数あるんだぜ？

最初にそれ見た時はびっくりしたと同時に、ああやっぱ異世界なんだなって納得したもんよ。

星の並びなんかも地球とは違うんだろうなー。

あんま詳しくないから見ても違いがわかんないけど。

昼は太陽、夜は月に感動したわけだけど、雨には参った。

水に濡《ぬ》れると体力ガンガン減ってったからね。

ＳＰなんか通常の倍近い速度で減ってってたんじゃない？

もうね、寒いし怠いしイヤになる。

いくらステータスが高くなろうとも、辛いもんは辛いのです。

最初は雨だーってテンション高くなったけど、すぐに濡れ鼠《ねずみ》ならぬ濡れ蜘蛛《ぐも》になってテンションだだ落ち。

しかも雨が降ってると糸をうまく操作できないっていう問題まで。

そういえば前世では雨粒がついた蜘蛛の巣《す》とか見かけたことあったなーと思い出した。

すまん、地球の蜘蛛諸君。

君らも苦労してたんやね。

私は魔法があるからまだいいけど、水で巣が使い物にならなくなった普通の蜘蛛とか考えただけで泣ける。

あと颪な。

私の糸くらいになれば颪ごときで切れたりはしないけど、突風とかで巣が壊れるとか考えただけで泣ける。

雨風のない環境で成長できたのはある意味幸運だったのかもしれない。

そこが魔物うじゃうじゃの高難易度ダンジョンでなければ！

うん。そう考えると幸運とは言い難いな。

ないわー。

しかし、こうして天気の変化をこの身で体験すると、やっと外に出てきたんだなと実感することができる。

長い、長い、ホントに長い引きこもり生活だったなー。

あれを引きこもり生活と言っていいのかどうかはわかんないけど、天気の変化がない室内にいたことに変わりはないからね。

前世の頃《ころ》、カーテン閉めて部屋の中に引きこもってた感じに似てる、気がする。

カーテン閉めて外からの日差しとか完全に遮ると、時計《とけい》見ないと時刻とかもわかんなくなるからね。

雨降ってようが風が吹いてようが変わらない環境。

カーテンに遮られて昼も夜もあってないような環境。

学校があったから休みの日くらいしか長時間引きこもるってことはなかったけど。

こういう風に聞くとエルロー大迷宮もまさにそれだって思わされるからビックリだわ。

実際は、キロメートル単位で四方に迷路が展開される上層。

延々熱地獄が続く中層。

ドキッ！　魔物だらけの生き残り大会！　な下層。

うん。よく生き残れたな、私。

ずーっと引きこもってる物件の中を探索し続けてたんだよな。

長く過酷な引きこもり生活だった。

それだけ聞くとすんごいダメ人間に聞こえる不思議。

まあ、なんだ。

いろいろと話がそれた気がするけど、何が言いたいのかというと、屋根って偉大だよねって話。

なんのこっちゃねって思う？

今現在私は土砂降りの雨の中にいるって言えば理解してくれるかね？

雨宿りしたいです。

野生生物はこういう雨の中でも外にいるんだから偉いよなー。

私はもうこれ以上濡れるのは勘弁なんで、ズルさせてもらうわ。

ということで、我が家ともいうべきエルロー大迷宮に転移しよう。

雨の日は室内にいるのに限る。

そこがどんだけ広大なダンジョンの中だろうと、雨風がしのげるならばそれでいいのです。

裁縫

初対面の人との話題作りだとか、面接とかでよく聞かれる質問、「ご趣味は？」。

私の場合この質問には「食べること」って即答できるね！

実際に声に出して答えるかどうかは別問題だけど。

答えが決まっていることと、スムーズに会話が成り立つことは、イコールで結ばれないのです。

まあ、私のコミュ力の低さは置いておいて。

食べること以外に何か趣味はあるかって聞かれると、ちょっと答えに窮するんだよね。

趣味、趣味ねえ。

レベリング？

確かに私ってば生まれてこの方、ずーっとレベリングしてきたけどさ、それを趣味って言うのはなんか違くない？

レベリングは生きるために必要な行為であって、趣味ではないっしょ。

それ言ったら食べることも趣味とは言い難い気もするけど、そこは考えない。

「趣味？　裁縫じゃないの？」

そんなことを考えていたら、吸血っ子にそう言われた。

裁縫だと⁉

言われてみれば確かに、私ってばいろいろ糸使って縫ってるわ。

最初は魔王に言われて服とか縫い始めたんだよな。

だから裁縫は半分お仕事のつもりでいたけど、魔王に課せられたノルマ以外でも割といろいろ縫ってるな。

自分の服とか、吸血っ子の服とか、人形蜘蛛たちの服とか。

こんだけ縫ってれば趣味と言ってもいいな。

裁縫が趣味か。

言われるまで気づかなかったわ。

これは目から鱗《うろこ》ってやつですわ。

裁縫が趣味!

なんて優雅な趣味でしょう!

貴族令嬢っぽくない?

住んでるところは公爵邸で、普段は優雅にお茶飲んだり、趣味の裁縫に時間を使ったり。

これもう完全にお貴族様の生活よね。

お嬢様がやる刺繍《ししゅう》とはだいぶ内容違うだろうけど……。

本物のお嬢様には服とか縫えんやろ。

私も操糸によって作ってるから、ちゃんと縫ってるわけじゃないけどね。

本場の職人が見たら邪道だって罵《ののし》られそう。

出来栄えはこっちのほうが断然すごい自信があるけどね！

見よ！　この素晴らしい服を！

なんとこの服、一本の糸でできております。

一筆書きならぬ一本縫い。

ふふふ、こんなことができるのはきっと私しかいまい。

と、思ったら、フィエルとリエルが同じことしてた。

……いいもん。私のほうが使ってる糸は上質だし。

私たちが裁縫に精を出している時間、残りの吸血っ子とサエルが何をしているのかというと、刺繍だったりする。

公爵家が雇った家庭教師による淑女教育、その宿題をこなしているのだ。

これがまた意外なことに、吸血っ子は刺繍が得意だったりする。

そりゃ、もちろん私たちには全然及ばないけど、割と器用に模様を描くんだよねー。

文字とかも難なく縫えちゃう。

ただやっぱりというかなんというか、好きではないっぽいね。

吸血っ子の性格的に細々とした作業はやっててイライラしてくるみたい。

できることと向いてることがイコールじゃないっていう典型例やね。

で、横でイライラされるとこっちとしても鬱陶《うっとう》しいんで、メラを模したぬいぐるみを作って渡しといた。

めっちゃデレデレしてそのぬいぐるみを抱きしめてたから、気に入ったらしい。

うむ。気に入ってくれたのならいいけど。

……変なことには使わないでね？

なんか最近の吸血っ子のヤンデレっぷりを見てると、ぬいぐるみ相手に変なことしそうで怖い。

とりあえず、メラぬいぐるみで少しの平和を確保した私だった。

趣味って役立つなー。

出番のない四人娘

戦争が近づいている。

兵士たちは国境に向けて旅立ち、食料や消耗品なども続々と運ばれていく。

もはや戦争が始まるのは秒読みという、そんな空気が漂っていた。

兵士だけでなく、市民もまた戦争に備えていた。

そしてここにも……。

シャコシャコと、四人並んで剣を研いでいる人形蜘蛛《ぐも》たち。

イヤ、それ、研ぐ必要ある？

ステータス一万超えの人形蜘蛛たちが使う剣は、そのステータスに耐えられるような超頑丈なものだ。

刃こぼれなんてそうそうしない。

現に剣じゃなくて、砥石《といし》のほうがすり減っている。

でもなんか、研ぎ終えて刀身を眺めるアエルは、とても満足そうだ。

サエルはずっと研ぎ続けてるし、リエルは刀身をうっとりと眺めてるし、フィエルは、あれは砥石をすり減らすのが楽しくなってないか？

うん、なんつうか、同じことしてても個性って出るんだなって。

たぶん人形蜘蛛たちも戦争が近づいてきて、そわそわしてるんだろう。

大きいイベントだしねー。

きっといろいろと意気込んでいるに違いない。

計算高いアエルが、意味もなく武器の整備をしてるのがそのいい証拠だと思うんだ。

どうしよう。

……言えない。

今回君らの出番ないから、って。

あんなに張り切ってる子らに、そんな残酷なこと言えない……。

だってー！　あの子らあんなロリロリした見た目だけど、ステータス一万超えてるんだよ？

あの子ら一人だけでも戦線に突っ込ませるだけで、人族を殲滅《せんめつ》できちゃうくらいのある意味戦術兵器でっせ？

鬼くんとかメラでも過剰戦力かなーってところに、この子らを投入しちゃったらそれもうただのいじめにしかならないって。

なので、人形蜘蛛たちの戦争中のお仕事は、万が一の事態を考えての魔王の護衛。

ぶっちゃけ何もないのが一番のポジション。

つまり働かないほうがいい。

そして、人形蜘蛛たちを魔王の護衛に残しておくのは、ホントに万が一の時のための保険。

私の想定を超えた事態が起きない限り、お仕事はありません！

ていうか何かあったとしても私が転移で駆け付けるし。

人形蜘蛛たちが働くような事態になるってことは、私が倒れた時ってことですよ。

そんな大問題が起きたら人形蜘蛛たちでも対処はできないと思う。

まあ、つまり、その、なんだ……。

マジで今回人形蜘蛛たちのやることはない。

だが、それをこんなにやる気満々な子たちに正直に言えるだろうか？

否！　私にそんな度胸はない！

私はシャコシャコと剣を研いでいる人形蜘蛛たちからそっと視線をそらし、気づかれないようにそーっと部屋を出ようとする。

「あれ？　白ちゃん何してんの？」

そこにタイミング悪く通りすがる魔王。

サエル以外の三人が一斉にこっちを見る。

サエルだけは愚直に剣を研ぎ続けているけど。

「ん？　何してんの？　今回出番ないでしょ？」

そして、あろうことか魔王は私が言えなかったことをサラッと言ってしまった！

アエルが真顔で静止し、リエルが笑顔でコテンと首を傾《かし》げ、フィエルがガビーンとリアクション。

サエルだけはまだ剣を研ぎ続けてる。

私はスッとその場を逃げ出した。

「うお⁉　なにをするだァーッ！」

抗議のためなのか魔王に襲い掛かった人形蜘蛛たちから逃れるために。

すまん！　いろいろすまん！

五歳の祝い

日本には七五三というイベントがあった。

三歳、五歳、七歳の子供が神社なんかに行って祝うイベントだ。

七五三と言ったら千歳飴《ちとせあめ》。

千歳飴をもらうイベントこそが七五三。

異論は認める。

で、なぜ七五三の話をし始めたのかというと、私が転生したこの世界にも七五三に似たようなイベントがあるらしい。

まあ、似てるのは一定の年齢でイベントやるって点だけで、それ以外の共通点はほとんどないんだけどね。

やるのも〇歳と五歳と六歳で、七五三と被ってるのは五歳だけだし。

しかも貴族限定なんだそうだ。

まず〇歳、まあ、生まれたばっかの赤ん坊の頃《ころ》ね。

この時に教会の人に無病息災を祈って祝福をもらう、らしい。

らしいというのは、私はそんな祝福もらってないからね。

なんせ私蜘蛛ですし！

魔物ですし！

教会の人が魔物に祝福くれるわけないですし！

で、五歳の時にまた祝福をもらうんだけど、この時にもらう祝福は〇歳の時にもらうものとちょっと意味が変わって、その子の今後の発展を祈る的な感じらしい。

そんで、その翌年にあるのは祝福じゃなくて鑑定の儀とかいう、人生初鑑定にしてお披露目の場、なんだそうだ。

鑑定のスキルってとるの大変だから、鑑定石っていう鑑定の力が込められた魔道具を使って鑑定をするんだそうだ。

その鑑定石も数が少ないから、大々的なイベントにしてついでに子供のお披露目にー、って感じらしい。

へー。へー。

すっごい他人事《ひとごと》。

だって私もう人生初の鑑定済ませちゃってるし！

六歳どころか〇歳の時にね！

だって鑑定のスキルこそ、私が最初に取得したスキルだしねー。

人生初ならぬ蜘蛛生初の鑑定結果は、〈蜘蛛　名前　なし〉だったよ……。

何の情報もないのと変わりない結果だったよ……。

鑑定の儀なる儀式では高レベルの鑑定が込められた鑑定石を使うそうなので、ちゃんとステータスとかスキルとか表示されるらしいけどね。

でも、それ公表されちゃうって個人情報ダダ漏れやん。

その結果を見て、この子は優秀、この子はちょっと残念、とか評価されちゃうらしいし。

六歳とか日本じゃ小学一年生でしょ？

その時点で個人情報ばら撒《ま》かれて、しかも評価されちゃうって、厳しくね？

私だったらそんなさらし上げられるようなことしたくないわ。

よかった、貴族じゃなくて！

よかった、蜘蛛で！

……イヤ、そこはよくないな。

貴族じゃなくていいから人間スタートのほうがよかったな……。

まあ、今の私は人型になれてるから、結果オーライなのかもしれんけど……。


さて、なぜ私が異世界の年齢別イベントの説明をしたのかというと、現在私が五歳だからだ。

ちなみに、私が五歳ということは、他の転生者たちも同じく五歳ということだ。

他の転生者と違って私は蜘蛛の魔物スタートということで、生まれるのが半年早かったらしいので、正確には私が五歳半で、他の転生者たちが五歳なんだけどね。

そこらへんは卵生と胎生の違いかな。

「というわけで五歳だけど、お祝い、する？」

と、魔王に聞かれた。

「祝福って、魔族にも教会があるんですか？」

と、魔王に聞き返したのは鬼くん。

鬼くんは転生者の一人だ。

つまり五歳児だ。

ただし、その姿は額から角が生えている以外は前世のものとあまり変わらない。

見た目だけなら高校生男子なので、とても五歳児には見えない。

まあ、かくいう私も似たり寄ったりなんだけどね。

鬼くんは転生したらゴブリンだったそうで、そこから進化していって今の鬼人という種族になったそうだ。

私もそうだけど、どうやら魔物から人型に進化すると、前世に似た姿になるらしい。

ここらへんは私たちをこの世界に転生させたＤの怠慢なのかなんなのか……。

「ないね。というか、そもそも魔族には五歳で祝う習慣そのものがないし」

ないんかーい！

現在私たちがいるのは魔族領。

年齢別イベントをやってるのは人族で、魔族はやってないらしい。

「じゃあ、なんでそんな話を切り出したんですか……」

呆《あき》れたようにため息をつくのは吸血っ子。

同じく転生者の一人。

そして、この場にいる中で唯一年齢相応の見た目の五歳児だ！

え？　魔王？

魔王は、ほら？　実年齢は、ね？

いわゆるロリＢＢＡ枠だし。

「白ちゃん？　なんか今よからぬことを考えてなかったかい？」

ひえっ！

顔には出てなかったはずだぞ⁉

なんて勘のいいやつだ……。

魔王にジト目で見つめられるけど、素知らぬ顔でごまかす。

魔王が私を見つめていたのは一瞬のことで、すぐに視線をそらして話を再開した。

ほっ。

「ほら？　誕生日とか今まで祝ってないじゃん？　ていうか誕生日がわかんないじゃん？　だったらまあ、節目の年くらい祝おうかなって」

なるほどー。

たしかに私たちは自分の誕生日がわからない。

私は日付もわからず迷宮でポンと生まれたし、鬼くんもゴブリン生まれで日付とか気にしてなかっただろうし。

唯一吸血っ子は誕生日わかるだろうけど、知ってるのは吸血っ子の従者のメラのほうで、本人は知らないんじゃないか？

「お祝いねえ……」

「ま、お祝いって言ってもそんな大それたことじゃなくて、身内だけのささやかなパーティーって感じかな。ケーキとか用意してさ」

「ケーキ……」

最初気乗りしてない様子だった吸血っ子が、ケーキという単語にコロッとつられてその気になっている。

かくいう私もケーキがあるなら賛成ですよ、ええ！

おいしいケーキがあるならそれだけでやる価値がある！

「まあ、すでにやる気満々でケーキはここに用意してあるんだけどね！」

そう言って隣の部屋に行く魔王。

「じゃーん！」

すぐに帰ってきて、その手にはホールのケーキが！

私たちが囲むテーブルの上にデン！　と置かれるケーキ。

……ケーキ？

「……アリエルさん。これ、なに？」

「ケーキ！」

吸血っ子の質問に満面の笑みで答える魔王。

でも、これ、ケーキ？

形は確かにホール状のケーキっぽいけど、見た目は茶色い塊なんですけど……。

ケーキというよりかは、パンに近いような……。

「ケーキだよ！」

「いえ、でも……」

「ケーキだよ！」

「でも、これ……」

「ケーキだよ！」

「あ、はい……」

吸血っ子が魔王の圧力に押し負けた……。

まあ、この自称ケーキがこうなってる理由には思い当たることがある。

魔族って今、いろいろと極貧ですゆえ……。

長らく人族と戦争し続けてきたせいで人口減少。

そのせいで働き手も減少して食料だけじゃなくていろいろと生産力がガタ落ち。

そんな状態で来《きた》る人族との決戦に備えて、備蓄やら何やらしなきゃならない。

魔王といえど贅沢《ぜいたく》はできない状況なのだ……。

「まあ、有り合わせのもので作ったから見た目はこんなだけどさ。味の保証はするよ？」

見た目ただのパンの塊だけど、どうやら味の保証はしてくれるらしい。

ていうか、今の言い草からして、これ作ったのもしかしなくても魔王なのか？

「アリエルさんが作ったんですか？」

同じ疑問を持ったのか、鬼くんが魔王に尋ねる。

「そうだよー」

ほほう。

それなら期待が持てそうだ。

魔王はこう見えて料理がうまい。

というか、料理に限らず大抵のことは何でもできる。

伊達《だて》に長生きしてない。

だから、見た目がどうあれ魔王が味の保証をするってことは、このケーキ（？）もうまいんだろう。

おそらくきっと。

魔王が糸を使ってケーキを四等分にする。

ホールを四等分とか豪快だな。

だが！　それがいい！

誰《だれ》もが一度は夢見るホールまるまる躍り食いには及ばないけど、その四分の一！

普通なら大体八分の一とかのところを、その倍の四分の一！

食べられる！

ふっふふーう！

四等分のケーキを皿に分けて、渡してくる。

「というわけで、みんなの五歳を祝して、いただきまーす！」

「「「いただきます」」」

そろっていただきますの挨拶《あいさつ》をしてケーキをパクリ。

「あ、甘い」

「本当だ」

見た目はあれだけど、ケーキはしっとりとしていて甘い味がした。

「おいしー！」

「ふふん。だから言ったでしょ？　味の保証はするって」

歓声を上げる吸血っ子に、ドヤ顔で胸を張る魔王。

たしかにこのうまさは胸を張っていいレベルだ。

ケーキと言うにはやや硬い食感だけど、噛《か》めば噛むほど生地にしみ込んだほのかな甘みが口内に広がっていく。

ケーキと言うよりかは、カステラに近いだろうか？

あくまで近いってだけで、日本の一般的な甘味にはない感じだけど。

つまりは未知のうまさである。

見た目はただのパンの塊なのに……。

どんな錬金術を使えば、魔族の寂しい懐事情の食材からこんなうまいものができるんだ……。

不思議だわー。

きっと長生きしてる間に貧乏でも美味《おい》しく食べられる調理法とかを知ったに違いない。

おばあちゃんの知恵袋的な。

おばあちゃん扱いしたら怒りそうだから黙ってるけど。

「むっ⁉ 今なんか邪《よこしま》な思念が！」

あー、あー、あー。

そんな思念は飛んでません。飛んでませんよー。

とまあ、ケーキ（？）に舌鼓を打ち、私たちの五歳を祝う会はこんな感じで和気あいあいでした。

☆

今日は俺と妹のスーが五歳の祝福を受ける日だ。

実は俺はこの日を結構楽しみにしていた。

というのも、俺がこの世界で初めて見た魔法こそ、その祝福なのだ。

俺は前世の記憶を持った転生者というやつだ。

前世の名前は山田俊輔《しゅんすけ》。

今世の名前はシュレインという。

前世の記憶を持っていたおかげで、普通なら物心つく前の赤ん坊のころから自意識があった。

そして、〇歳の祝福をこの目で見たのだ。

あの時のことは忘れられない。

神官が何かをした次の瞬間、俺の体をキラキラとした光が包み込み、力が漲《みなぎ》ったのだ。

その体験があったからこそ、俺はこの世界が前世とは別の、魔法のある異世界だと気づいたんだから。

そして、魔法という好奇心くすぐられるものがあったからこそ、訳もわからず異世界に転生した直後の、情緒不安定な時期を乗り越えられたんだと思う。

だから祝福は俺の中で特別な意味を持つ魔法だった。

もう一度あの祝福が受けられると思うと、ワクワクしてしまうのは仕方がない。

とは言え、俺の盛り上がりに反して、妹のスーやメイドのアナやクレベアの様子は普段とあまり変わらない。

五歳の祝福は六歳の鑑定の儀と違って大々的に行われるものではなく、教会の神官に会ってサッと祝福をもらうだけらしい。

なので、特別なイベントに変わりはないけれど、取り立てて騒ぐほどのことでもないようだ。

俺とスーも昼食後に短い時間をとってあるだけで、それ以外は普段と変わらない予定だ。

前世の誕生日みたいにケーキを食べたりプレゼントをもらったりとかはないようだ。

大抵の貴族は教会に足を運んで、そこで祝福をもらうらしいのだが、俺とスーの場合は神官のほうに来てもらう。

なんせ、俺とスーはこれでも王族だからな。

神官のほうから出向くのは王族や一部の高位貴族だけだそうだ。

貴族であろうとも教会のほうに出向かねばならない。

それがこの世界での教会、神言教という宗教の権勢を物語っている。

俺とスーも、くれぐれも神官に失礼のないようにと、朝からアナに口を酸っぱくして言われている。

王族でも失礼がないように気を付けなければならない相手なのだ。

まあ、俺の場合は緊張よりもワクワク感のほうが勝っているので、粗相はしないだろう。

昼食を食べ終えて、そろそろ時間かなという頃《ころ》。

連絡役のメイドがやってきて、アナと何やら話し込んでいる。

連絡役のメイドは困惑している様子だし、その話を聞いているアナも眉間《みけん》にしわを寄せている。

……何かよくないことでもあったのだろうか？

「シュレイン様、スーレシア様。参りましょう」

しかし、アナは何事もなかったかのように俺とスーを呼び、部屋の外に連れ出す。

「何かあったんじゃないの？」

俺はたまらずアナに聞いてみた。

「ええ、まあ……」

アナの歯切れが悪い。

「よくないこと？」

「いえ、そういうわけでは……」

不安になってさらに突っ込んで聞いてみたが、どうやら悪いことではないらしい。

「むしろ、いいこと。大変光栄なことです」

光栄？

どういうことだろうと疑問符を頭の中で浮かべる。

「シュレイン様とスーレシア様の祝福をしに、教皇猊下《げいか》がお見えだそうです」

俺の疑問の答えがアナの口から語られる。

しかし、答えを聞いても俺はその意味を一瞬理解できなかった。

……教皇猊下？

教皇猊下ぁ!?

「うえぇっ!?」

思わず声が出てしまった。

「シュレイン様」

そんな俺を咎《とが》めるアナ。

慌てて口をつぐむ。

でも、声ぐらい出ちゃうだろ！

だって教皇猊下だぞ？

教皇とは、教会、神言教のトップだ。

神言教は、一神官ですら王族でも失礼を働けない相手。

教皇とはその神官のトップ。

はっきり言ってその格は一国の王よりもよっぽど上だ。

王族とは言え、四男の俺と次女のスーの祝福にわざわざ訪れるような方ではない。

そりゃ、アナたちメイドが困惑するのも頷《うなず》ける。

というか、当日になって困惑しているということは、事前の連絡はなかったということだろう。

教皇ともあろう方が、事前連絡なしにほいほい訪れていいんだろうか……。

「いいのかなぁ……」

「教皇猊下ご本人が是非とおっしゃっているそうですので、よろしいのではないかと」

なんだって教皇なんて超がつくＶＩＰが俺なんかの祝福のために……。

って、そんなの考えるまでもなく理由は明白だよな。

ユリウス兄様だ。

ユリウス兄様と俺は同母の実の兄弟だ。

そして、そのユリウス兄様こそが、今代の勇者。

ユリウス兄様は勇者として幼いながらに活躍している。

神言教はそんな勇者を全面的にバックアップしている。

その縁で、ユリウス兄様の弟の俺の祝福に教皇が自らやってきてくれたのだろう。

それ以外の理由は思い当たらない。

「兄様。教皇猊下って？」

一人納得してうんうん頷いていた俺の横から、スーが聞いてきた。

「教会の偉い人だよ」

「偉い人？」

「そう。すっごく偉い人」

「兄様より？」

スーの質問に苦笑してしまう。

五歳にしてははきはきと舌っ足らずにもならずに喋《しゃべ》り、聡明《そうめい》そうに見えるスーだけれど、そこはやっぱり五歳児。

俺みたいな前世の記憶でかさ増しされているわけでもない、正真正銘の五歳児であるからして、まだまだ知らないことが多い。

そして、スーはずっと一緒にいる俺のことを世界で一番すごいと思い込んでいる節がある。

小さい頃に父親が世界で一番強い男だと思い込むようなものだと思う。

俺なんて四男ていう、王族でも超絶微妙な位置の、すごいとは言い難い人間なんだけどな……。

「俺よりもずっとずっと偉い人だよ」

「えー」

俺の答えが気に食わないのか、不満げに頬《ほお》を膨らませるスー。

スーは俺にいつでも一番でいてほしいらしい。

苦笑しながら頭を撫《な》でてやると、それで満足したのか膨らんだ頬が元に戻る。

そんなことをしている間に、王城にある礼拝室にたどり着いた。

うおっ！

礼拝室に入るなり、俺は心の中で声を出した。

さすがに今さっきアナに注意されたばかりなので外に声を出すことはしなかったけれど、動揺は顔に出てしまったかもしれない。

礼拝室にはすでに一目で教皇とわかる豪奢《ごうしゃ》な衣装を纏《まと》った老人が待っていた。

それは覚悟していたことなのでまだいいのだが、その老人の横に見たことのある人が立っていたのだ。

父上までおるやんけ……。

その人物こそ、俺たちの父親にしてこのアナレイト王国の国王だ。

正直、あまり顔を合わせる機会のないこの人を父親だと思えないのだが……。

どちらかというと国王という認識が強く、俺にとっては雲の上の人という感じだ。

その雲の上の人が、教皇というこれまた雲の上の人と一緒にいる。

なんだか迷い込んではいけない場所に来てしまったかのような、場違い感がすさまじい。

「教皇猊下。紹介いたしましょう。我が息子、シュレインと、我が娘、スーレシアです」

しかし、気後れする俺をよそに、父上は俺とスーのことを教皇に紹介している。

こうなったらもう腹をくくってしまうしかない。

たしかこのアナレイト王国では身分が下の者から自己紹介するのがマナーなはず。

「紹介にあずかりました、シュレイン・ザガン・アナレイトです」

「ほう。利発なお子さんですね」

自己紹介をすると、教皇は孫を見守るお爺《じい》さんのように、優し気な笑みを浮かべた。

父上も満足そうに頷いているので、どうやらこの対応は正解だったようだ。

ホッとして促すようにスーの背に手を添える。

「スーです」

スーは憮然《ぶぜん》としたまま短く言い切る。

頭を抱えたくなった。

スーというのは愛称で、こういう時はちゃんと正式名称であるスーレシアって名乗らないと駄目だろ!

父上も眉間に皺《しわ》を寄せている!

やばい!

空気が凍り付くというのはこういうことかと、半ば現実逃避気味に考える。

「ほっほっほ。ちゃんと挨拶《あいさつ》ができて偉いですね」

しかし、凍り付いた空気を柔らかな笑い声が溶かす。

教皇が優しげな笑顔でスーのことを見つめていた。

どうやら子供のすることと受け流してくださるようだ。

さすが大組織のトップだけあって、度量がすごい。

「私はダスティン六十一世です。前途あるお二人に祝福を」

教皇が名乗り、かざされたその手からいつか見たのよりもまばゆい光がキラキラと俺とスーに降り注ぐ。

まるでこの教皇の優しさに包まれるかのように、体の内側からポカポカとしてくる。

「健やかたれ」

教皇が俺とスーの頭を優しくなでる。

「……さて。本当はもう少しこの子たちと交流を重ねたいところですが、もう行かねばなりません」

心底名残惜しそうに俺とスーの頭から手を離す教皇。

「本日はわざわざお越しくださり、ありがとうございました」

「いえいえ。こちらこそ急な訪問、申し訳ありませんでした」

父上と教皇が互いに頭を下げあう。

なんだかその光景が日本のサラリーマン同士が頭を下げあう様に見えてしまい、少し吹き出しそうになってしまった。
こうして俺とスーの五歳の祝福は、〇歳の時以上に忘れられないものになった。

666

「悪魔？」

ギュリギュリこと管理者ギュリエディストディエスは眉間に皺を寄せながらおうむ返しにその単語を口にした。

悪魔。

言わずと知れたファンタジー生物の定番だ。

なんで悪魔の話題を出したかって言うと、大した意味はない。

ふと、そういえばこの世界に悪魔っているんだろうか？　って気になっただけ。

最初は魔王に聞いてみたんだけど、魔王も悪魔を見たことはないらしい。

この世界、ファンタジーに見せかけておいて、結構定番を外してくることが多いんだよな。

エルフはいるけどドワーフはいないし、そのエルフにしてもあれはイメージとは大いに異なるエルフっぽい何かだし。

あ、精霊はいるらしい。

ただその精霊にしても私が想像するようなものじゃないっぽい。

ゲーム脳的に言うと精霊って自然豊かなところとかにいて、自然をこよなく愛していたりもしくは自然そのものの化身的な存在で、交流を重ねると契約することができたり。

そういうイメージだったんだけど、この世界の精霊はある日突如発生して機械的に人を襲う魔物なんだとか。

契約？　できるわきゃねーだろ！

うん、期待外れ。

え？　お前根っからのボッチ気質なんだからそもそも交流できねーだろって？

……時には不都合な真実から目をそらさなきゃならないこともあるんだよ。

さて、精霊がいるんならもしかして悪魔もいるんじゃないか、って思ったのが事の始まり。

私の勝手なイメージなんだけど、精霊と悪魔って似てると思うんだよね。

ほら、どっちもなんか実体があいまいだし、精霊界と魔界って違いはあるけど普段は異界に住んでたりとか、共通点が結構あるじゃん？

精霊と悪魔って属性とか住んでるとこが違うだけで近縁種なんじゃないかって思うんだよ。

あくまで私の勝手なイメージなんだけどね。

だから精霊がいるんなら悪魔もいてもおかしくないんじゃないかなーって。

それでそういうこと知ってそうなギュリギュリに興味本位で聞いてみたんだよね。

「貴様、悪魔のことを知ってどうするつもりだ？」

ところがどっこい、ギュリギュリってばすごく真剣な表情で問い詰めてくる。

単なる興味本位だったんだけど……。

「ただの興味本位」

ここは誤魔化《ごまか》してもしょうがないので素直にそう言っておく。

ギュリギュリは私の真意を見定めるかのようにじーっと見つめてくる。

別にこっちは嘘《うそ》ついてないしやましいことなんてないので平然とその視線を受け止める。

……嘘です。あの、あの、コミュ障はじっと見つめられるの得意じゃないの。

そんな見つめられると変な汗が出てくるから勘弁して。

「……まあ、システムがあるからには大丈夫か」

どれくらい見つめられていたのか、そしてどういう結論に達したのか、ギュリギュリは「ふう」と息を吐きだすと視線をそらした。

私も緊張から解放された。

けどその言い草、絶対私の言葉を素直に受け取ってないだろ！

私だって四六時中やましいことばっかしてるわけじゃないんだぞ！

ギュリギュリの中での私の評価がどういうものなのか、うっすらと見えてしまった。

「この世界に悪魔はいない。悪魔のような外見の魔物はいるが、あくまで外見だけだ」

そっか、いないのか。

まあ、興味本位で聞いただけのことだしそこまで残念な気はしない。

どうせいたとしても今までの傾向を見るにイメージと違う悪魔もどきだっただろうしね。

「だからといって呼び出そうなどと思うなよ？　おそらくシステムによって遮断されて呼び出せないだろうが、それでも危険すぎる。万が一呼び出しに成功してしまったらこの壊れかけの世界では冗談ではなく世界存亡の危機になりかねん」

……あれー？

なんか思ってた以上に悪魔って危険なのか？

そりゃ、地球の神話でも悪魔ってヤベー的な逸話は数多くあるけど、それにしたって世界滅亡の危機って大げさじゃないの？

私が首をかしげていると、ギュリギュリが大きな溜息《ためいき》を吐いた。

「その様子だと本当に悪魔についての知識はないようだな」

だからギュリギュリの中で私の評価は一体全体どうなっているんだってば。

悪魔を利用してなんかよからぬことでもしでかそうとしてるって思われてんの？

失敬な！

ちょっとした雑談を振っただけで陰謀を疑われるなんて、清廉潔白に生きてきた私に対して何たる態度か！

そりゃ悪魔がいるんなら見てみたいなーとか考えてたけど、動物園とか水族館とかに行って動物とかお魚さんを見るのと大差ない感じよ？

悪魔を動物とかお魚さんと同列に扱うなって？

イヤー、この世界の動物ってイコールで魔物だし、そこらへんの感覚はどうも抜けてる自覚はある。

「ハア。変に好奇心を募らせて悪魔召喚などされたらかなわん。悪魔について私が知っていることを話そう」

だからギュリギュリの中で私はどうなっているのかと小一時間。

そんな世界滅亡の危機になりそうな危険物を興味本位だけで召喚しないってーの。

「まず悪魔という種族は大別すると三種、より正確に言えば本物が二種、似て非なるものが一種存在している」

ほーう。悪魔と一口に言っても種類があるのか。

「まず似て非なるものたちだが、実は彼らが広く悪魔と言われている種族だ」

ん？

ギュリギュリは本物二種と言った後に、この似て非なる一種と言ったわけで、表現的には本物じゃない偽物みたいなもんだってことだよね？

それなのに広く悪魔と言われてるのはそいつらだと？

どういうこっちゃ？

「彼らについても細々と種類が分かれるのだが、そこは割愛しよう。彼らは実体を持たない精神生命体、その中でも闇《やみ》の属性の者たちが悪魔と呼ばれていることが多い」

精神生命体。

そんなのがいるのか。

イヤ、神とかが実在してるんだし、そりゃいてもおかしくはないか。

この世界の魔物だって相当みょうちくりんな生態してるのとかいるしね。

体がない精神だけの生物とかいても驚きはないか。

「実体化できないタイプだとゴースト扱いされることも多いようなので、一概にすべてが悪魔と呼べるかと言えばそうではないのだがな」

ゴゴゴゴースト⁉

ゆ、幽霊⁉

そ、そういうのもいるのか……。

「ん？　ゴーストは苦手か？」

「べべべ別に……」

「苦手なのだな……。意外だ……」

イエ、苦手ジャナイヨ？

……だって、幽霊ってこう、腕力で解決できないっていうか、こう、理屈が通じないっていうか、こう、あれじゃん？　得体が知れないっていうか。

ともかく！　ダメなんだよ！

「悪魔にせよゴーストにせよ、多少特殊ではあるがその世界の現地の生物の一種だ。こう言っては何だが、神である我々からすれば脅威ではない。無論、中には神に迫るほどの力を持っていたり、神の領域に到達した個体もいるだろうが、それは稀《まれ》な例だ」

うん。そう言われてちょっと落ち着いた。

そうだよね、実体がないだけの生物なんだよね。

ジャパニーズホラー的な、訳わかんないうちにうぎゃー！　な展開を引き起こす系のやつじゃなければ怖くない！

たぶんおそらくきっと！

「そういった者たちが悪魔の一種として現地の人々からは扱われている。これが似て非なるものたちだ」

ふむ。

現地の人々から、とあえて言っていて、さらに似て非なるものという表現。

そして本物二種。

ここまでの情報を吟味するに、似て非なるものの悪魔というのは、現地の人々にとっての悪魔なのだろう。

そして、ギュリギュリのような神から見ると、本物の悪魔とは似て非なる存在。

偽物と言わないのは、本物の悪魔ではないけど生物としてはれっきとした本物だからかな。

そりゃ生物としてちゃんと存在してるんだから本物も偽物もないわな。

現地では本物の悪魔扱いされてるんだろうし。

ただ、それでもギュリギュリが「本物」と称する悪魔がいるわけだ。

「本物の悪魔を語るには、天使の話をせねばならない」

天使、ねえ。

まあ、天使については全く知らないわけでもない。

なんせ女神サリエルが天使なわけだし。

正確に言えばはぐれ天使らしいけど。

「天使は突如この世界に出現した神を狩る神だ。なぞの多い種族だが、奴ら自身、自分たち天使という種族のことを理解していない。ただひたすら愚直に使命と呼ばれる命令に従うことが知られている程度だな」

うーん、何ていうか、天使って神様の使い的なイメージが私の中にあるから、その天使が神って言われるとすごい違和感がある。

でも、ギュリギュリとかの神々と渡り合えるんだから、カテゴリーで言えば神だよなぁ。

「天使は基本的に一つの集団に属している。そのまま天と呼ばれている、神々の三大勢力の一角だ。が、この天に属していない天使も存在している。一つははぐれ天使。サリエルのような天使だな」

女神サリエルははぐれ天使。

はぐれ天使とは、何らかの理由でその天という天使の集団からはぐれた天使。

まんまやね。

女神サリエルの場合、この星の生物の保護っていう使命をずーっとこなしてたんだけど、なぜか天からの連絡が途絶えてそれっきりらしい。

ただ、こういうケースは割とよくあるらしく、音信不通になりながら、それでもずーっと使命をこなし続けている天使は多いんだとか。

健気というか、バカというか……。

「もう一つが堕天使だ。そしてこの堕天使が本物の悪魔の一種だ」

おっと、ここで悪魔ですか。

まあ、地球の神話でも悪魔と堕天使ってイコールっぽい印象だしね。

「堕天使ははぐれ天使と違い、自らの意思で天を離脱した者たちだ。基本使命に忠実なはずの天使が、それを破ってまで離脱することからもわかるだろうが、堕天使は天使と違ってかなり確固たる自意識がある。そして面倒なことにそれに妙なこだわりがある。そのこだわりは使命に固執する天使に通ずるところがあるな。……まあ要するにどいつもこいつもキャラが濃いということだ」

うわぁ……。

私は天使なんてそれこそ女神サリエルしか知らないけど、その女神サリエルは使命を全うするために自分の身さえシステムの核に捧《ささ》げちゃうような奴《やつ》なんだよなぁ。

その使命に対する意気込みというかなんというかが、そのままキャラに反映されてるって？

絶対濃い。

ちょっとお知り合いになりたくないとそれだけでわかるくらい。

しかしなんだろう……。

今の話を聞くと真面目《まじめ》な優等生が上からの命令に逆らって組織から抜けた結果、はっちゃけちゃった的な……。

真面目な奴ほどはっちゃけちゃった時は反動が大きいからなぁ。

なんかそう考えると堕天使のイメージが変わるな。

「そいつらも問題と言えば問題なんだが、あくまで天使の中のごく一部でしかないから数は多くない。本来なら種族と呼ばれるまで数が増えるはずもなかったんだが、そこで登場するのがもう一種の悪魔だ」

ふむふむ。

「もう一種の悪魔は魔界と呼ばれる無数にある異界に生息している精神生命体だ。それだけならば似て非なるものたちと特徴はさほど変わらないのだが、明確に異なる点が一つある。それは強さだ。奴らは神々に抗しえる力を持ち、上位の連中に至っては完全に神の領域の力を持つ。単純に悪魔と呼称する時に指すのはこの連中だ」

魔界に住んでるっていうのはまんま悪魔のイメージ通りだな。

てか、魔界って無数にあるのか。

その魔界が無数にあるってことは、そこに住んでる悪魔も無数にいるわけっしょ？

ギュリギュリの言い草からしてメチャクチャ強い連中が。

……ヤバー。

たしかに、そんなのが召喚された日には、世界滅亡の危機だわな。

「悪魔は堕天使から派生した種族だと言われている。力ある神が死ぬと世界がその存在を取り込み、現世で生きる生物に影響を与えることがあるのだが、悪魔の場合それが顕著に出た例だな。なんせ堕天使は天使から見れば裏切り者で、他の神々から見ても厄介者だった。多くの堕天使が短期間のうちに打ち滅ぼされた結果、悪魔という種族が生まれてしまったというわけだ。天使が突如出現したようにな」

え⁉　神って死ぬとそんなことになるの⁉

何それ怖⁉

迂闊《うかつ》に神を殺せないし、死ねないじゃん！

「ああ、言っておくが大昔の話だ。私が生まれた時にはすでに神が死してもそのようなことが起きないよう対策が講じられていた。とある力ある神が冥界《めいかい》という異界を作り出し、そこで死者の魂を選別して、そのままにしておくと危険な魂をより分けることによってな。より分けられた魂は地獄と呼ばれる異界に送られ、無害な状態になるまで分解されるという話だ」

え？　それって神は死んだら強制的に地獄行きって聞こえるんだけど？

ていうか、冥界とか地獄とか、なーんかどっかの神を連想させるんですが……。

「冥界や地獄を管理しているのはＤだ」

ですよねー。

あいつ、そんなことしてたのか……。

ていうかそんな重要な仕事ほっぽりだして遊んでたのか。

そりゃ、あの謎のメイドさんも怒るわけだ。

悪魔の話から思わぬところでＤの仕事を知ってしまったわ。

あとがき　著者・馬場《ばば》翁《おきな》

おはこんばんにちは、馬場翁です。

『蜘蛛《くも》ですが、なにか？　Ｅｘ２』お届けです！　ドンッ！

はい、というわけで割とお久しぶりな感じになりましたが、今回は小説ではなく設定資料集的なＥｘの第二弾のお届けとなっております。

本編の十六巻のあとがきでちょろっと外伝的なものは書くかもー、と触れておりましたが、このＥｘ２がまさにそんな感じとなっております。

まさか外伝で一冊ではなく、Ｅｘとして出すことになるとは思っていませんでしたが。

Ｅｘが出た時もうちの作品が設定資料集的なもの出せるようになったのかー、と感心したり驚いたりした記憶がありますが、まさかＥｘ２まで出せるとは……。

しかも本編の区切りがついてるのに。

世の中には不思議なことがあるもんだなー。

で、Ｅｘは本編をさらに楽しむための設定資料集だったのに対し、Ｅｘ２は本編では詳しく語られなかった過去編を中心に掘り下げております。

アリエルがまだ何の力も持たない小娘だった時代の話です。

つまりアリエルが主役、っていうかポジション的にヒロインな物語ですね。

おかげで書き下ろし部分では本編の主役が一切登場しないという、ね！

一応過去の店舗特典なんかも再録されていてそっちには登場してるんで、タイトル詐欺ではない、と思いたい。

ここからは毎度おなじみのお礼を。

まずはイラストの輝竜《きりゅう》司《つかさ》先生。

今回、本編とは違う過去編ということで、新規キャラのキャラデザを一人一人描いていただきました。

こちらとしては輝竜先生のイラストがいっぱい見られて大満足でグへへという感じだったのですが、その分先生は大変だったと思います。

毎度毎度美麗なイラストありがとうございます！

コミックのかかし朝浩《あさひろ》先生。

小説本編は終われどコミックのほうはまだまだ道半ば。

ということはまだまだかかし先生のお世話になるということで、先生これからもよろしくお願いしますウへへという感じで、もみ手をしておきます。

いつもいつもありがとうございます！

そして、スピンオフコミックのグラタン鳥先生。

この度、スピンオフコミックの『蜘蛛子四姉妹の日常』は堂々の完結と相成りました。

連載が始まったのが二〇一九年の七月なので、約三年半。

小説本編の一巻から十六巻までの刊行が約六年なので、半分以上の時間、四姉妹の日常と共に歩んできたことになります。

そう考えると長かった気がしますが、同時に短い期間で駆け抜けたような気もしていて、不思議な感覚です。

何はともあれ、グラタン鳥先生、三年半お疲れ様でした！

そしてありがとうございました！

最後にこの本を手にしてくださった全《すべ》ての方々。

本当にありがとうございます。

あとがき

イラストレーター・輝竜司

はかなくなる人のデザイン
がんばりがち。手向け的

だと思った

ザナ・ホロワ
かわいいの絵

バジリスク赤ちゃん

この姿はゴブサタ

描きおろしのテーマは
「D様が今ハマってそうな
対戦ゲー」です。
あんまり描く機会なかったひと描く会。
15巻特装版でできるだけ全員描いたんですが、デフォルメでしたので。

担当さんに『最後になにか書きませんか』と１ページ頂きました。

せっかくなのでなにか描こうと思ったのですが、
登場人物みんなに一人ひとり思い入れがあって、それぞれ応援してくださる方の顔が見えて、最後に描くべき一人や一匹を選べない。

そういう作品に携われた事って、ほんとうに幸せだなあと思います。

馬場先生（毎回『次巻どうなっちゃうの !?』『尊い…尊い…』言いながら床転がってました…！）、現担当のW様はじめ、ご担当くださったすべての担当の皆様（自分担当さんに本当に何度も助けて頂きました、有り難うございます…！）、かかし朝浩先生（本当に皆生き生きしていて、学ぶことばかりです！）、グラタン鳥先生（今回どこまですっ飛んで連れて行ってくれるんだろう！　って本当毎回楽しみでした！）、いろんな場面でお世話になった皆様（沢山の方にお世話になって、一人ひとり書ききれなくてごめんなさい、本当にありがとうございます！）、応援してくださったり、このキャラが好きってつぶやいておられたり、絵のことに言及してくださったり、いろんな形で作品作っていらした皆様（作画中の励みと支えになっておりました…！）。

本当にありがとうございます。

あと連絡先がわからなくてここでの返信になってしまって恐縮なのですが、都内からお手紙くださった方、頂いたファンレターは宝物です（皆様に頂いたお手紙すべて宝箱に入れたりデスクに飾ってあります）。

これからの皆様のみちゆきに、いいことといっぱいありますように。

輝竜司 citrocube.com

ショートストーリー初出

ギュリエの一人語り　料理 ―― 14巻メロンブックス特典
ギュリエの一人語り　スマホ ―― 14巻とらのあな特典
ギュリエの一人語り　バイク ―― 14巻ゲーマーズ特典
エルロー大迷宮の冒険者たち ―― BOOK☆WALKER特典
魔物の危険度 ―― 14巻書泉特典
ペカトットの生態 ―― 受注用店舗特典
貴重な鑑定 ―― Amazon限定セット特典
知識チート ―― Amazon限定セット特典
筆頭宮廷魔導士のお仕事 ―― 13巻メロンブックス特典
妹のお仕事 ―― 13巻ゲーマーズ特典
雪山女子トーク ―― 第7回メロンブックスノベル祭りSS特典
クニヒコの幼馴染考察 ―― 10巻とらのあな特典
アサカの幼馴染考察 ―― 10巻アニメイト特典
勇者の弟と聖女と勇者 ―― 12巻メロンブックス特典
母の思い出 ―― 11巻メロンブックス特典

お便りはこちらまで

〒102－8177
カドカワBOOKS編集部　気付
馬場翁（様）宛
輝竜司（様）宛

カドカワBOOKS

蜘蛛《くも》ですが、なにか？ Ex《エクストラ》 2

2023年２月10日　初版発行

著者／馬場《ばば》　翁《おきな》

発行者／山下直久

発行／株式会社KADOKAWA

〒102-8177
東京都千代田区富士見2-13-3
電話／0570-002-301（ナビダイヤル）

編集／カドカワBOOKS編集部

印刷所／暁印刷

製本所／本間製本

Printed in Japan
ISBN 978-4-04-074852-8 C0093

新文芸宣言

かつて「知」と「美」は特権階級の所有物でした。

15世紀、グーテンベルクが発明した活版印刷技術は、特権階級から「知」と「美」を解放し、ルネサンスや宗教改革を導きました。市民革命や産業革命も、大衆に「知」と「美」が広まらなければ起こりえませんでした。人間は、本を読むことにより、自由と平等を獲得していったのです。

21世紀、インターネット技術により、第二の「知」と「美」の解放が起こりました。一部の選ばれた才能を持つ者だけが文章や絵、映像を発表できる時代は終わり、誰もがネット上で自己表現を出来る時代がやってきました。

UGC（ユーザージェネレイテッドコンテンツ）の波は、今世界を席巻しています。UGCから生まれた小説は、一般大衆からの批評を取り込みながら内容を充実させて行きます。受け手と送り手の情報の交換によって、UGCは量的な評価を獲得し、爆発的にその数を増やしているのです。

こうしたUGCから生まれた小説群を、私たちは「新文芸」と名付けました。

新文芸は、インターネットによる新しい「知」と「美」の形です。

2015年10月10日

井上伸一郎

最強の眷属たち――
その経験値を一人に集めたら、
史上最速で魔王が爆誕!?

黄金の経験値
the golden experience point
特定災害生物
「魔王」降臨タイムアタック
カドカワBOOKS
第7回カクヨム
Web小説コンテスト
キャラクター文芸部門
特別賞
原純 Harajun
illustration fixro2n
隠しスキル『使役』を発見した主人公・レア。眷属化したキャラ
の経験値を自分に集約するその能力を悪用し、最高効率で経
験値稼ぎをしたら、瞬く間に無敵に!? せっかく力も得たこ
とだし滅ぼしてみますか、人類を！

ゴブリン令嬢と転生貴族が幸せになるまで

婚約者の彼女のための**前世知識**の上手な使い方

カドカワBOOKS

新天新地　illust. とき間

前世はブサメンだったがハイスペ貴公子に転生したジーノの運命の人は、容姿のせいで＜ゴブリン＞と呼ばれる令嬢だった！　商才、魔道具、前世知識……隠してきたチートの全てをジーノは駆使して二人の幸せを目指す！

商才、魔道具、前世知識……
チート全力で幸せな家庭
築きます！
「小説家になろう」
年間1位の超話題作。
（異世界〔恋愛〕部門での
ジャンル別年間ランキング）
「小説家になろう」は株式会社ヒナプロジェクトの登録商標です。
※2022年3月1日時点

摩訶不思議な山暮らし――
ニワトリ（？）たちと癒やしのスローライフ開幕！

前略。山暮らしを始めました。

浅葱　illust. しの

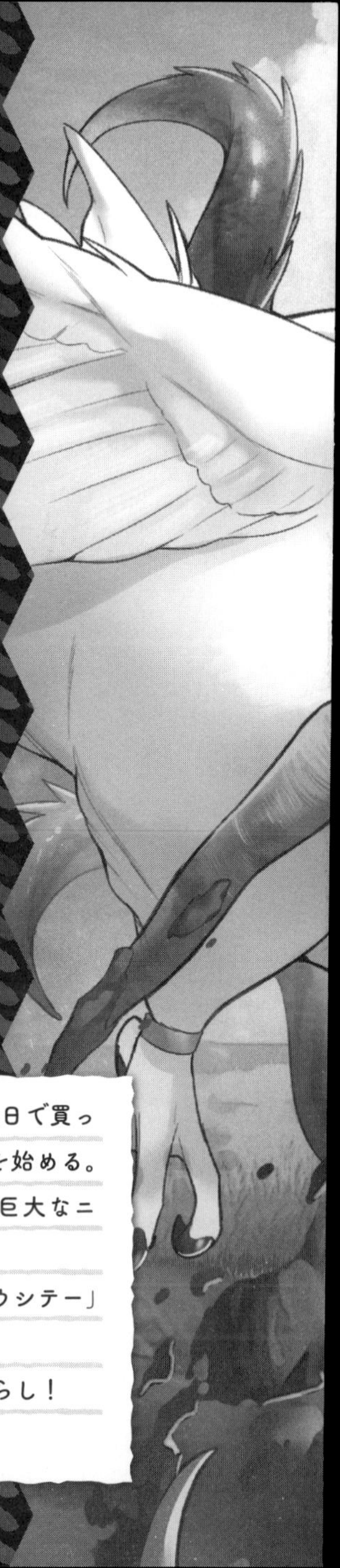

ひょんなことがきっかけで山を買った佐野は、縁日で買った３羽のヒヨコと一緒に悠々自適な田舎暮らしを始める。

気づけばヒヨコは恐竜みたいな尻尾を生やした巨大なニワトリ（？）に成長し、言葉まで喋り始めて……。

「どうして――!?」「ドウシテー」「ドウシテー」「ドウシテー」

「お前らが言うなー！」

癒やし満点なニワトリたちとの摩訶不思議な山暮らし！

カドカワBOOKS

隠したい本心がダダ洩れ!?
今最もカワイイ悪役令嬢!
B's-LOG COMIC＆
異世界コミックにて
コミカライズ
連載中!!!!!
作画：逆木ルミヲ
2023年1月
TVアニメ
放送決定!!
ツンデレ悪役令嬢リーゼロッテと
実況の遠藤くんと解説の小林さん